STATION
DU CAUCHEMAR

ŒUVRES DE PHILIP JOSÉ FARMER
DANS PRESSES POCKET

La saga des hommes-dieux :
1. Le faiseur d'univers
2. Les portes de la création
3. Cosmos privé
4. Les murs de la terre
5. Le monde Lavalite

Mémoires intimes de Lord Grandrith :
1. La jungle nue
2. Le seigneur des arbres

Un exorcisme :
1. Comme une bête
2. Gare à la bête
3. L'Homme qui trahit la vie

L'odyssée verte
Le masque vide
Le privé du cosmos
Le jeu de la création (Grand Temple de la S.-F.)

SCIENCE-FICTION

Collection dirigée par Jacques Goimard

Philip José FARMER

STATION DU CAUCHEMAR

PRESSES DE LA CITÉ

Titre original :
STATIONS OF THE NIGHTMARE

Traduit de l'américain par :
Jacques Guiod et Jacques Martinache

ISBN 2-266-04664-0

PREMIÈRE PARTIE

UN DON AMBIVALENT

I

PAUL EYRE abattit une soucoupe volante.

Ce matin-là, il traversait un champ en direction de la lisière d'un bois qu'un petit cours d'eau partageait en deux lorsque Riley, son setter, se mit à l'arrêt. Le corps tendu à en vibrer, l'animal pointait le museau vers l'aimant qui l'attirait, la caille invisible. Le cœur battant, Eyre regarda le buisson distant de quelques mètres derrière lequel devait se trouver la compagnie.

Les oiseaux s'envolèrent avec ce boucan qui avait coutume de le faire sursauter quand il n'était qu'un novice. On eût dit que la terre venait d'engendrer avec violence plusieurs petites planètes. Ils n'étaient pas une douzaine, comme il s'y attendait, mais seulement deux. Le premier était beaucoup plus gros que l'autre – si gros même que Paul, cette fois, sursauta. Au moment même où son fusil grondait et lui frappait l'épaule, Eyre savait déjà que ce n'était pas une caille.

La gerbe concentrée crachée par le canon étranglé dut atteindre la chose de plein fouet mais au lieu de tomber à la verticale comme un oiseau mort, elle chuta obliquement dans les branches basses d'un arbre situé à l'orée du bois.

Par réflexe, Paul Eyre avait tiré sa deuxième cartouche sur l'autre « oiseau » et l'avait manqué.

La chose s'était élevée vers le ciel comme une caille mais elle était de couleur sombre et faisait une soixantaine de centimètres de long. Ou de large. Lorsque Eyre avait pressé la détente, il avait eu en même temps la révélation que ce n'était pas une créature ailée.

Ni même une créature tout court, pensa-t-il. Plutôt un objet fabriqué, ressemblant davantage à un énorme pigeon d'argile qu'à toute autre chose.

Il tourna la tête et vit une flèche noire et blanche : Riley courait comme s'il avait eu un cougouar à ses trousses. Le chien n'aboyait pas, comme s'il savait qu'il lui fallait économiser son souffle. Derrière lui, une traînée d'excréments; devant lui, à huit cents mètres en montant la pente, une ferme blanche flanquée de deux granges rouge sombre.

Roger, le fils de Paul, lui avait parlé de mines qui s'élevaient en l'air avant d'exploser mais la chose n'était pas attachée à une chaîne et elle n'avait pas explosé. Peut-être était-ce une mine défectueuse mais il n'y avait pas eu de détonation quand elle s'était élevée. Le bruit du fusil l'avait peut-être couverte.

Paul secoua la tête : ce ne pouvait être quelque chose de ce genre. A moins que... à moins qu'un sale type ne l'ait mise dans le champ pour tuer les chasseurs? Il y avait de plus en plus de violence insensée dans ce pays qui se détournait de Dieu.

La situation ressemblait beaucoup à une panne de voiture : on pouvait en penser tout ce qu'on voulait, faire des suppositions sur ce qui ne marchait pas, en définitive, il fallait lever le capot et examiner le moteur pour trouver la nature exacte de la panne. Eyre résolut de soulever le capot.

Il s'avança. Il n'entendait que le bruit du vent de nord-ouest, léger à cet endroit parce que le bois l'en protégeait. Le geai bleu et les corneilles, qui faisaient un tel tapage avant les coups de feu, se taisaient. Perché sur une branche, le geai semblait paralysé de frayeur.

Je suis prudent mais je n'ai pas peur, se dit Paul. Il n'avait eu peur que trois fois dans sa vie : quand son père l'avait abandonné, quand sa mère était morte et quand Mavice lui avait annoncé qu'elle le quittait. Ces trois circonstances lui avaient appris que rien n'allait jamais aussi mal qu'on le croyait sur le coup et qu'il était stupide, illogique d'avoir peur. Paul, ses frères, ses sœurs et sa mère s'étaient débrouillés sans son père; la mort de sa mère lui avait en fait rendu la vie plus facile, et Mavice ne l'avait pas quitté.

« Seuls les gens dépourvus d'imagination – dont tu es le roi – n'ont jamais peur », lui avait dit un jour Tincrowdor. Mais qu'est-ce que ce crâne-d'œuf décati connaissait de la vraie vie des vrais hommes?

Néanmoins, il hésitait. Il pouvait fort bien s'éloigner, rappeler le chien et partir chasser ailleurs. Ou mieux, aller dire à Smith que quelqu'un avait planté un engin mécanique étrange dans son champ.

Peut-être sa vue l'avait-elle trahi, pensait-il, quoiqu'il répugnât à envisager une telle hypothèse. Derrière ses lunettes, il avait des yeux de cinquante-quatre ans mais il était en meilleure forme que la plupart des hommes ayant vingt ans de moins que lui. Bien meilleure que Tincrowdor, qui passait la journée assis sur ses fesses à taper ses histoires invraisemblables.

Pourtant, son opticien l'avait averti qu'il devait changer de verres mais Paul n'en avait parlé à personne. Il avait horreur d'avouer à quelqu'un – fût-ce à lui même – qu'il avait un point faible. Lorsqu'il aurait l'occasion de changer de verres sans que personne, excepté l'opticien, ne soit au courant, il se déciderait. Quand même, il n'aurait peut-être pas dû attendre si longtemps.

Paul se remit à marcher lentement et se retourna vers la ferme. Riley, dont l'allure n'avait pas faibli, courait toujours vers elle. Eyre se promit de lui faire la leçon et de lui donner quelques bonnes taloches sur le museau quand il l'aurait rattrapé. S'il en perdait son flair, il se débarrasserait de lui : inutile de nourrir un animal qui ne lui servirait à rien. D'ailleurs, ce chien mangeait déjà beaucoup plus qu'il ne valait.

Eyre imaginait ce qu'en dirait Mavice : « Dans onze ans, tu prendras ta retraite. Tu aimerais qu'on te jette à la rue ou qu'on te gaze parce que tu es devenu inutile? »

Et lui de répondre : « Je ne serai pas inutile. Après ma retraite, je travaillerai aussi dur qu'avant dans ma propre affaire. »

Il se trouvait à trois mètres du bois quand la brume jaune s'en échappa.

II

PAUL s'arrêta. A cette période de l'année, ce ne pouvait être du pollen, et d'ailleurs, le pollen n'avait pas cette brillance. En outre, l'efflues-cence jaillissait avec trop de force pour être simplement portée par le vent. Pour la seconde fois, Paul hésita : l'épaisse émanation jaune ressemblait beaucoup à un gaz. Il se souvint de ces moutons tués au Nevada ou dans l'Utah à cause d'une fuite de gaz neurotoxique militaire. C'était peut-être – non... Ridicule.

La brume chatoyante s'élargit et l'enveloppa. Pendant quelques secondes, il retint sa respira-tion puis la débloqua et éclata de rire. La matière jaune s'écarta de son visage et se referma sur lui presque aussitôt. Çà et là, quelques parcelles étincelaient. Avant d'atteindre les arbres, Eyre remarqua que de petites gouttes s'étaient for-mées sur l'herbe, sur ses mains, sur les canons de son fusil. On eût dit du mercure doré. Lorsqu'il passa la main le long de l'arme, les gouttelettes s'unirent pour former deux grosses gouttes qui tombèrent dans sa paume et y roulèrent comme du mercure.

Il les renifla, plissa le nez et les fit tomber par terre : elles avaient une odeur de liquide spermatique.

Eyre constata alors qu'il n'avait pas rechargé son fusil et en fut légèrement étonné, car il ne manquait jamais de le faire immédiatement après avoir tiré. En fait, il rechargeait si machinalement qu'il n'y pensait même pas et cet oubli prouvait qu'il était plus troublé qu'il ne le croyait.

Soudain la brume, le brouillard – l'émanation, quelle qu'elle fût – disparut. Paul se retourna et vit que derrière lui, sur cinq ou six mètres, l'herbe avait pris une vague teinte jaune.

Il continua à avancer, remarqua devant lui sur le sol une branche brisée par la chose. Derrière s'étendait le bois, épais et silencieux. Eyre s'engagea dans l'enchevêtrement de fourrés de ronces où il avait levé tant de lapins. Il y en avait un, précisément, un gros mâle tapi parmi les épines. La bête le vit, comprit que Paul l'avait vue mais ne bougea pas. Il s'accroupit pour l'examiner, constata que ses yeux noirs paraissaient égarés, que de petites taches jaunes scintillaient çà et là dans son pelage roux. Comme le lapin se trouvait à l'ombre, ce ne pouvait être le soleil qui faisait luire son poil.

Eyre fit un geste brusque en direction de l'animal, qui ne détala pas et demeura sur place, tremblant violemment.

Quelques minutes plus tard, Paul arriva à l'endroit où la chose, selon sa trajectoire, aurait dû toucher le sol mais ne vit nulle trace dans les buissons ou dans l'herbe.

Pendant une heure, il explora soigneusement le bois du côté du cours d'eau où il se trouvait et ne découvrit rien. Il traversa le ruisseau, qui n'atteignait à aucun endroit plus de cinquante centimètres de profondeur, et reprit ses recherches sur l'autre berge. Il n'y vit pas de mercure jaune, ce qui pouvait avoir deux significations : ou la chose n'y était pas venue, ou elle avait cessé de projeter de la matière jaune – si c'était bien elle qui en était la source car, après tout, l'apparition de l'émanation et la disparition simultanée de la chose n'étaient peut-être qu'une coïncidence. Une coïncidence qui lui semblait toutefois peu probable.

Paul Eyre aperçut alors une goutte de mercure et se dit que la chose continuait à... A saigner? Pourquoi employer un tel mot? pensa-t-il en secouant la tête. On ne peut *blesser* que des êtres vivants; il avait *endommagé* la chose.

Il entendit derrière lui un bruit d'éclaboussure, fit volte-face et aperçut à travers la végétation un objet rond, plat et noir s'élevant du milieu du ruisseau. Il l'avait vu de loin quand il avait traversé mais l'avait pris pour un rocher arrondi presque entièrement recouvert par l'eau. Décidément, sa vue baissait.

Paul traversa à nouveau, suivit sur le sol une traînée humide qui s'arrêta soudain. Il leva les yeux et quelque chose – la chose – tomba derrière un buisson. Il y eut un craquement puis le silence revint.

Ainsi la chose était vivante. Aucune machine ne se déplaçait de la sorte, sauf...

Que dirait Tincrowdor s'il lui racontait qu'il avait vu une soucoupe volante?

Le bon sens lui conseillait de n'en souffler mot à personne. S'il en parlait, on se moquerait de lui, on le croirait fou ou atteint, comme son père, de sénilité précoce.

Cette pensée sembla provoquer en lui une brève crise de démence. Il se précipita en criant dans les buissons épineux et, parvenu sous l'arbre d'où la chose était tombée, s'arrêta. Il était couvert de sueur, son cœur lui martelait la poitrine. Sur le sol mou et humide, il ne décela aucune empreinte, aucun indice qu'un gros objet lourd y fût tombé.

Du coin de l'œil, il aperçut quelque chose qui bougeait sur sa droite. Il se retourna, tira une, deux fois. Des débris d'écorce s'envolèrent, retombèrent en pluie. Paul rechargea – pas question d'oublier, cette fois – et s'approcha à pas lents du buisson où il avait cru entrevoir la chose. Mais elle n'y était plus, si tant est qu'elle y avait été.

Comme il continuait à avancer, il se sentit soudain pris de vertige et s'appuya contre un arbre. Son sang tambourinait dans ses oreilles, les buissons se fondaient en une masse indistincte. La substance jaune était peut-être bien une sorte de gaz neurotoxique.

Eyre décida de quitter le bois. Ce n'était pas la peur mais le bon sens qui l'avait fait changer d'avis et, d'ailleurs, personne ne le verrait battre en retraite.

Parvenu près de la lisière, il s'arrêta. Il n'éprouvait plus de vertige, le monde avait recouvré ses contours nets. Certes, il serait le seul à savoir qu'il s'était enfui mais il ne pourrait plus jamais se considérer comme un homme véritable. Non, il tirerait cette affaire au clair, nom de Dieu – et il se convainquit qu'il ne venait pas de jurer en proférant mentalement ces derniers mots.

Il se retourna et aperçut à travers les buissons une forme blanche ressemblant à un dos de femme nue. Sous la peau laiteuse et lisse affleurait la dentelure de la colonne vertébrale. Les hanches étaient invisibles mais Paul vit ensuite apparaître la tête, la chevelure noire tombant sur les épaules blanches.

Eyre appela la femme, qui ne lui prêta pas attention. Il se rendit près de l'arbre où elle aurait dû se trouver mais elle avait disparu. Des brins d'herbe achevaient de se redresser, d'autres restaient couchés sur le sol.

Une heure plus tard, Paul Eyre renonça. Avait-il simplement *cru* voir une femme? Que serait venue faire une femme nue dans ce bois? Elle ne pouvait y être en galante compagnie car l'homme et elle auraient déguerpi au premier coup de feu.

Sur le chemin du retour, Eyre eut l'impression d'apercevoir au loin une grande tache marron clair. Il s'accroupit, écarta les fourrés et découvrit l'arrière-train d'un animal émergeant d'un buisson situé à une trentaine de mètres. La croupe, d'un brun jaunâtre, avait une longue queue terminée par une touffe, et si Paul n'avait pas su la chose impossible, il aurait juré qu'elle appartenait à un lion d'Afrique. Ou plutôt à une lionne.

Quelques instants plus tard, il vit une tête de femme à l'endroit où aurait dû se trouver celle du lion si l'animal s'était dressé sur ses pattes de derrière. Elle se présentait de profil et c'était la plus belle des femmes qu'il eût jamais vues.

Eyre se dit qu'il devait souffrir d'une forme insidieuse de grippe asiatique et que cela expliquait tout. En fait, c'était la seule explication possible.

Il en était convaincu lorsqu'il atteignit l'orée du bois. Le champ lui apparut couvert de fleurs rouges; à son extrémité, qui semblait distante de plusieurs kilomètres, se dressait une cité verte scintillante.

La vision ne dura que trois ou quatre secondes; les fleurs et la cité disparurent, le champ reprit ses dimensions réelles, comme un élastique qu'on relâche, avec un claquement que Paul put entendre.

Dix minutes plus tard, quand il pénétra dans la ferme, Riley l'accueillit en le mordant.

III

EYRE arrêta son véhicule devant sa maison car l'allée menant au garage était bloquée par une autre voiture à laquelle était attachée une remorque pour bateau, par une moto sans moteur et une Land Rover sur laquelle était posée un chalet mobile à moitié construit. Derrière, le vaste garage était encombré de machines, de pièces, d'outils, de vieux pneus et de moteurs hors-bord en cours de réparation.

Le n° 1331 Wizman Court se trouvait dans un quartier qui avait été résidentiel mais, à présent, le vieux manoir d'en face était devenu une clinique; les maisons qui le flanquaient autrefois avaient été abattues et remplacées par des bâtiments presque achevés qui accueilleraient bientôt une clinique vétérinaire et un chenil. La demeure des Eyre paraissait vaste et élégante quand Paul et Mavice y avaient emménagé, vingt ans plus tôt. Elle semblait aujourd'hui petite, minable et sur le point de tomber en ruine.

Jusqu'à ce jour, Paul Eyre ne l'avait jamais remarqué et s'il se trouvait parfois à l'étroit chez lui, ce n'était pas, pensait-il, parce que la maison était exiguë mais parce qu'ils étaient trop nombreux à y vivre. Une fois qu'il serait débarrassé de son fils et de sa fille, la maison redeviendrait confortable. Paul avait fini de la payer et, hormis les impôts et les frais d'entretien, elle ne lui coûtait rien. Si le quartier s'était quelque peu déprécié, c'était tant mieux : les voisins ne se plaignaient pas de ce que Paul eût installé une entreprise de réparations.

Eyre n'avait jamais pensé à l'aspect extérieur de sa demeure : c'était une maison, tout simplement. Mais ce jour-là il remarqua que la pelouse n'était pas tondue, que les volets en bois avaient besoin d'un coup de peinture, que l'allée était un vrai fouillis et que des crevasses lézardaient le trottoir.

Il descendit de voiture, prit son fusil et sa gibecière de la main gauche car sa main droite était bandée. Les vieilles dames assises sur le porche latéral lui firent un geste de la main et il leur rendit leur salut. Elles avaient l'air de corneilles perchées sur une branche et que le temps abattait l'une après l'autre. Il y avait en ce moment une chaise vide au bout de la rangée mais un nouvel arrivant l'occuperait bientôt. C'était, jusqu'à la semaine dernière, la place de Mr. Ridgley, qu'on avait surpris un après-midi en train d'uriner sur les rosiers par-dessus la balustrade. Depuis, il était, selon les vieilles dames, enfermé dans sa chambre au troisième étage. Eyre leva les yeux et vit un visage blafard, barré d'une moustache jaunie par le tabac, se presser contre les barreaux d'une fenêtre.

Paul fit un signe, Mr. Ridgley se contenta de la regarder fixement et, sous la moustache, la bouche se mit à baver. Furieux, Eyre détourna les yeux. Sa mère avait regardé par cette même fenêtre pendant plusieurs semaines avant de mourir mais elle avait vécu jusqu'à l'âge de quatre-vingt-six ans avant de devenir gâteuse. C'était excusable. Ce que Paul ne pouvait ni excuser ni oublier, c'était que son père avait soixante ans seulement quand son cerveau avait commencé à se scléroser et qu'il avait perdu la raison.

Il monta les marches en bois brut conduisant au porche central, qu'il avait clos, et qui servait à présent de chambre à Roger. Comme d'habitude, Roger avait négligé de refermer le canapé-lit. Quatre ans dans les Marines, dont un au Viêtnam, ne lui avaient pas donné le sens de l'ordre.

En franchissant la porte, Paul découvrit son fils, un grand jeune homme blond et maigre, assis sur le sofa, le nez plongé dans un manuel universitaire, et lui demanda en grognant les raisons du désordre.

– M'man a dit qu'elle rangerait, répondit Roger. Qu'est-ce qui t'est arrivé? poursuivit-il en regardant la main de son père.

– Riley est devenu fou, j'ai dû l'abattre.

Mavice, qui sortait de la cuisine, s'écria :

– Oh! mon Dieu! Tu l'as tué.

Des larmes coulèrent le long des joues de Roger, qui demanda :

– Pourquoi as-tu fait ça?

– Je viens de te le dire, répliqua Paul en

montrant sa main droite. Il m'a mordu! Il m'a sauté à la gorge!

– Riley? s'étonna Mavice.

– On dirait que tu ne me crois pas! s'emporta Paul. Personne ne s'inquiète de savoir si j'ai mal ou si je risque d'attraper la rage!

Roger essuya ses larmes, regarda le pansement.

– Tu as vu un docteur? Qu'est-ce qu'il a dit?

– On a envoyé la tête de Riley au laboratoire de l'État, répondit Paul. Tu te rends compte de ce que je vais endurer si on m'inocule du sérum antirabique? De toute façon, la rage, c'est mortel! Personne n'en a jamais réchappé!

Mavice porta une main à sa bouche et poussa de petits cris étranglés en écarquillant ses yeux bleu clair.

– C'est ça, et les fers à cheval accrochés au-dessus d'une porte portent bonheur, ironisa Roger. Sors donc un peu du XIXe siècle, papa. Intéresse-toi à quelque chose d'autre que les moteurs hors-bord et la télé. Le taux de guérison de la rage est très élevé.

– D'accord, je n'ai passé qu'une année à l'Université, mais ce n'est pas une raison pour que mon petit malin de fils me méprise. Tu en serais où si le gouvernement n'accordait pas de bourses aux anciens G.I.?

– On fait des études pour décrocher un diplôme, pas pour enrichir ses connaissances, argua Roger. Il faut continuer à se cultiver seul, toute sa vie.

– Pour l'amour du ciel, vous deux! intervint

Mavice. Cessez un peu de vous chamailler. Et assieds-toi, Paul. Détends-toi, tu as l'air dans tous tes états.

– Je vais bien, bougonna Paul en éloignant sa main d'un geste brusque.

Cependant il s'assit. Le miroir accroché derrière le sofa lui avait renvoyé l'image d'un homme de petite taille, mince mais large d'épaules, avec des cheveux châtain clair, un front haut, des sourcils broussailleux couleur sable, des yeux bleus derrière des lunettes à verres octogonaux, un long nez, une épaisse moustache brune et un menton rond à fossette.

Son visage n'avait pas l'air d'un masque, n'en déplaise à Tincrowdor, selon qui on ne devait pas porter à la fois des lunettes et une moustache. La conjugaison des deux donnait aux traits une apparence de fausseté, prétendait-il. Cette remarque, qui avait agacé Paul sur le moment, lui fit songer qu'il aimerait bien voir Tincrowdor rapidement. Il aurait peut-être des réponses à lui fournir.

– Tu veux une bière, papa? proposa Roger, l'air contrit.

– Ça ne me ferait pas de mal, merci.

Roger se hâta vers la cuisine tandis que Mavice, plantée devant le sofa, baissait les yeux vers son mari. Même lorsqu'ils étaient debout tout les deux, elle le dominait de la taille car elle mesurait au moins dix centimètres de plus que lui.

– Tu ne penses pas vraiment que Riley avait la rage? dit-elle. Il avait l'air normal ce matin.

– Non, je ne crois pas. Il n'avait pas de bave aux lèvres, en tout cas. Quelque chose dans le bois l'a effrayé au point de le rendre fou et il m'a attaqué. Il ne savait plus ce qu'il faisait.

Mavice alla s'asseoir sur une chaise à l'autre bout de la pièce; Roger apporta la bière, que Paul but avec reconnaissance, bien que la couleur ambrée lui rappelât la substance jaune. Par-dessus son verre, il observa Mavice. Il l'avait toujours trouvée très jolie, malgré son visage un peu long, mais comparée à la femme qu'il avait vue dans le bois, elle lui paraissait maintenant dépourvue de beauté, voire franchement laide. Tout visage de femme lui semblerait désormais quelconque après la splendeur aperçue entre les arbres.

La porte d'entrée claqua, Glenda entra dans la pièce. Paul sentit naître en lui une vague colère, comme chaque fois qu'il voyait sa fille. Elle avait un beau visage – la version féminisée de celui de son père – et un corps qui aurait pu être aussi attirant mais ne le serait jamais. Glenda était maigre et presque plate de poitrine malgré ses dix-sept ans. Elle avait la colonne vertébrale tordue comme un point d'interrogation, une épaule plus basse que l'autre, des jambes grêles comme des bielles.

Elle s'arrêta et demanda :

– Qu'est-ce qui se passe?

Elle avait une voix profonde et voilée que l'on trouvait sensuelle quand on ne la voyait pas.

Mavice et Roger lui répondirent et Paul se prépara à une avalanche d'accusations et de larmes car sa fille aimait beaucoup Riley. Mais elle ne parla pas du chien et parut s'inquiéter seulement pour son père. Cette réaction étonna Paul et le mit en colère.

Pourquoi cette colère? se demanda-t-il.

Il comprit alors que Glenda était un reproche vivant, que c'était à cause de lui qu'elle n'était pas devenue une jolie fille au corps droit. Sa colère n'était qu'un moyen de se cacher cette vérité.

Paul était stupéfait de ne pas en avoir pris conscience plus tôt. Comment avait-il pu faire preuve d'un tel aveuglement?

Il se mit à suer, à gigoter sur le sofa comme pour tenir loin de lui cette révélation. La panique l'envahit. Qu'est-ce qui lui avait soudain ouvert les yeux? Pourquoi s'était-il aperçu seulement aujourd'hui que la maison était laide et minable, que les vieux d'en face l'effrayaient et le dégoûtaient, qu'il se fâchait contre Glenda alors qu'il aurait dû n'être que tendresse pour elle?

Il savait pourquoi. Il lui était arrivé quelque chose dans le bois, probablement à cause de la brume jaune qui l'avait enveloppé, de la substance projetée par la chose. Mais comment avait-elle pu lui donner un esprit plus pénétrant? Il avait peur, il avait l'impression de perdre quelque chose à quoi il était très attaché.

Eyre faillit céder au désir de tout raconter à sa femme et à ses enfants mais se dit qu'ils ne le croiraient pas. Oh! ils croiraient bien qu'il avait vu toutes ces choses mais ils penseraient qu'il était devenu fou et auraient peur : s'il avait tué Riley au cours d'une crise, il pouvait maintenant s'en prendre à eux.

Sa frayeur redoubla car il avait maintes fois trucidé toute la famille par la pensée. Et s'il perdait le contrôle de lui-même, si le phantasme devenait réalité?

– Je vais me laver et m'allonger un moment, déclara-t-il en se levant. Je ne me sens pas très bien.

Tout le monde parut interloqué.

– Qu'est-ce que vous trouvez de si étrange? poursuivit-il.

– Il faut toujours te forcer à te mettre au lit quand tu es souffrant, dit Glenda. Tu ne veux pas admettre que tu puisses tomber malade, comme n'importe qui. Tu te conduis comme si tu étais un roc, invulnérable aux microbes.

– C'est parce que je ne suis pas un hyper... un hyper... un machin-chose, un tire-au-flanc comme certains.

– Un hypocondriaque, complétèrent en même temps Roger et Glenda.

– Ne me regarde pas en disant ça, répliqua Mavice en fusillant son mari du regard. Tu sais que je suis atteinte d'une infection chronique de la vessie. Je ne joue pas la comédie, le docteur Wells en personne te l'a dit quand tu l'as appelé pour vérifier si je mentais. Je n'ai jamais été aussi gênée de ma vie.

La voie aiguë venait de très loin, Glenda devenait plus contrefaite encore et Roger plus grand et plus maigre.

La porte de la chambre à coucher glissa sur le côté quand Paul essaya de la franchir. Ne parvenant pas à marcher debout, il se mit à quatre pattes : s'il était un chien, cela lui faciliterait les choses et la porte serait tellement stupéfaite de ce brusque changement d'identité qu'elle resterait immobile assez longtemps pour le laisser passer.

Il entendit Mavice crier et aboya pour la rassurer. Quand sa femme et son fils le prirent par les bras, il protesta, déclara qu'il ne voulait pas se mettre debout mais ils réussirent à le relever et le guidèrent vers le lit. Cela n'avait plus d'importance, il avait franchi la porte; elle pouvait bien bouger dans tous les sens, maintenant, il l'avait roulée. On n'apprend pas à un vieux singe à faire la grimace.

Plus tard, il entendit à travers la porte close la voix criarde de Mavice. Il essayait de dormir pour se remettre et elle piaillait à tue-tête! Décidément, rien ne lui ferait jamais baisser la voix. Trop de décibels pour une femme pas si belle, pensa-t-il – ce qui lui parut une réflexion étrange, même pour un ingénieur. En tout cas, il aurait bien voulu qu'elle parle moins fort ou, mieux, qu'elle se taise. Pour toujours. Il savait pourtant que ce n'était pas la faute de Mavice, qui avait été élevée par des parents un peu sourds. Mais ils étaient décédés et elle n'avait aucune raison de continuer à brailler comme si elle voulait réveiller les morts.

Personne ne lui en avait-il jamais fait la remarque? Il laissait croître en lui son ressentiment, alimenté par d'autres rancœurs; puis, quand sa colère devenait trop forte, il se mettait lui aussi à crier, mais toujours à propos d'autre chose. Jamais il ne lui avait dit que sa voix lui écorchait les oreilles.

Paul se redressa tout à coup, se leva. Il se sentait moins faible et la porte n'était plus un être vivant.

– Qu'est-ce que tu racontes à Morna? lança-t-il quand il fut dans le petit couloir.

Surprise, Mavice plaqua une main contre le téléphone.

– Je décommande le dîner. Tu es trop malade.

– Pas du tout, je vais bien. Dis-leur de venir comme prévu.

Mavice haussa ses sourcils tracés au crayon.

– D'accord, mais si j'avais insisté pour maintenir la soirée tu m'aurais fait une scène.

– J'ai du travail, grommela Paul en se dirigeant vers la porte de derrière.

– Tu vas travailler avec ta main bandée?

Eyre leva les bras au plafond et passa dans la salle de séjour où Roger, un livre à la main, regardait la télévision.

– Comment peux-tu faire des maths en regardant un western? s'étonna son père.

– Je résous une équation chaque fois qu'un Peau-Rouge mord la poussière, répondit Roger.

– Ce qui veut dire?

– Je n'en sais rien. En tout cas, ça marche.

– Je ne te comprends pas. Moi, quand je bûchais, il me fallait le silence complet.

– Tu n'écoutais pas la radio?

– Non, dit Paul, surpris.

– J'ai été élevé comme ça et tous mes copains aussi. Nous avons appris à faire deux choses en même temps. C'est peut-être ça, le fossé des générations. Nous percevons simultanément de nombreuses choses et nous voyons les rapports qui existent entre elles. Vous, vous ne voyez qu'une chose à la fois.

– C'est ce qui vous rend plus intelligents que nous?

– Différents, en tout cas. Papa, tu devrais lire MacLuhan. Évidemment...

– Évidemment quoi?

– Tu ne lis que le journal local, des magazines sportifs, ou ce qui concerne ton travail.

– Je n'ai pas le temps, rétorqua Eyre. En plus de mon boulot chez Trackless, je travaille huit heures par jour dans ma propre affaire, tu le sais bien.

– Leo Tincrowdor en faisait autant et lisait trois livres par semaines. Mais lui, il a soif de connaissances.

– M'ouais, il sait des tas de trucs mais si sa voiture tombe en panne, il la répare lui-même? Non, il appelle un garagiste qui se fait payer très cher. Ou il me demande de la réparer pour rien.

– Personne n'est parfait, dit Roger. De toute façon, ce qui l'intéresse vraiment, c'est de savoir comment fonctionne l'univers, pourquoi notre société est en panne et ce qu'on peut faire pour la réparer.

– La société marcherait si des types comme lui ne s'ingéniaient pas à l'en empêcher!

– Tu aurais répondu la même chose il y a cent ans. Si tu penses que rien ne va maintenant, essaie donc de savoir ce qui se passait en 1874. Le bon vieux temps. Mon professeur d'histoire...

Paul quitta la pièce à grands pas pour aller dans la cuisine. D'ordinaire, il ne buvait pas plus de deux bières par jour mais aujourd'hui, c'était différent. Le bruit que fit la boîte en s'ouvrant lui rappela le claquement qu'il avait entendu quand le champ avait repris des proportions normales. Voilà un *rapport* que ni Roger ni personne d'autre au monde n'aurait établi. Paul pensa qu'il aurait mieux fait de rester à la maison pour liquider le travail en retard plutôt que de partir chasser la caille.

IV

LES Tincrowdor arrivèrent à sept heures. D'ordinaire, Paul les faisait attendre parce qu'il avait toujours une réparation à finir et quand il se présentait enfin, après s'être lavé, Leo avait déjà bu plusieurs verres et Morna poursuivait avec Mavice une de leurs conversations de femme à bâtons rompus. Leo était d'ailleurs content de bavarder avec les enfants ou, s'ils n'étaient pas là, de rester silencieux. L'éternel retard de son hôte ne semblait pas l'irriter et Paul se demandait même si Leo n'aurait pas été tout aussi content de ne pas le voir du tout. Pourtant Tincrowdor l'accueillait toujours par un sourire. S'il avait beaucoup bu, il y ajoutait un commentaire apparemment drôle cachant une pointe contre Paul.

Mais ce soir-là, Eyre se trouvait déjà dans la salle de séjour quand les Tincrowdor arrivèrent. Il se leva d'un bond, embrassa Morna avec chaleur. Paul ne manquait jamais une occasion d'embrasser une jolie femme, cela lui donnait l'impression de commettre une infidélité en toute innocence. Morna devait se pencher un peu pour l'embrasser, comme Mavice, mais elle y mettait plus d'ardeur. Pourtant, elle finissait toujours – enfin, souvent – par rompre le contact la première par considération pour son amie Mavice.

Leo Queequeg Tincrowdor prit dans son énorme main celle de Paul et la pressa. Lourdement charpenté, il mesurait plus de deux mètres et son corps, autrefois musclé, s'enveloppait de graisse. Ses cheveux, naguère auburn, étaient blancs et clairsemés. Sous des arcades sourcilières en saillie, ses étranges yeux vert sombre aux globes striés de veinules semblaient regarder à travers Paul. Ses joues rouges étaient couvertes d'une barbe mêlant le gris, le noir et le roux. Il avait une voix profonde dont l'effet était amoindri par une tendance à bredouiller quand il avait bu – et Paul ne l'avait vu que deux fois à jeun. Il avait toujours l'haleine parfumée au bourbon : du Waller's Special Reserve quand il était en fonds, du whisky bon marché additionné de jus de citron lorsqu'il était fauché. L'odeur d'alcool cher qu'il soufflait ce soir-là indiquait qu'il avait récemment reçu un chèque pour une de ses œuvres.

– Assieds-toi, Leo, invita Paul. Qu'est-ce que tu prends? Bière ou whisky?

A question rituelle, réponse rituelle :

– Du bourbon. Je bois de la bière seulement quand il n'y a rien de meilleur.

Quand Paul revint de la cuisine avec une copieuse ration de Old Kentucky Delight où barbotait un glaçon, Tincrowdor offrait deux de ses derniers romans à Roger et Glenda. Eyre ressentit une pointe de jalousie lorsque ses enfants accueillirent le cadeau par des cris ravis. Comment pouvaient-ils avoir du plaisir à lire de telles inepties?

– Qu'est-ce que c'est? demanda-t-il en prenant le livre de Glenda.

La couverture représentait un homme blanc enfermé dans une cage entourée de plusieurs femmes nues à la peau verte, qui passaient les bras à travers les barreaux pour le toucher. Au loin se dressait une montagne ressemblant vaguement à un lion avec une tête de femme sur laquelle s'élevait un temple grec. De petits personnages brandissant des poignards y entouraient un autre personnage couché sur un autel.

– *Sphinx sans secret*, répondit Leo. C'est l'histoire d'un cosmonaute qui débarque sur une planète habitée uniquement par des femmes. Les mâles sont morts quelques siècles plus tôt, pour la plupart de crise cardiaque. Une chimiste genre M.L.F. avait glissé dans la nourriture préparée par une usine centrale un produit empêchant les hommes d'avoir une érection.

– Quoi? s'exclama Mavice, qui se mit à rire mais devint écarlate.

– C'est une vieille idée, répondit Leo avant d'avaler une lampée du verre que lui avait tendu Paul. Mais je la pousse jusqu'à des limites extrêmes que personne n'a osé ou n'a pu aborder. C'est un roman extrêmement réaliste – trop pour le *Busiris Journal-Star*. Son critique littéraire n'a pas seulement refusé de parler du bouquin, il m'a envoyé une lettre au vitriol. Rien de diffamatoire, cependant. Le vieux Potts n'est pas assez gonflé pour ça.

– Comment faisaient-elles pour avoir des enfants sans homme? voulut savoir Paul.

– Par parthénogenèse provoquée chimiquement. Vierge et mère grâce à la chimie. L'expérience a été réalisée avec des lapins et, théoriquement, on pourrait la pratiquer aussi sur des humains. Je suis sûr que les Suédois y sont déjà parvenus et qu'ils le cachent. Ils n'ont aucune envie d'être des martyrs.

– Tu blasphèmes! s'écria Paul, les joues empourprées. (Un court instant, il se vit faisant tomber Tincrowdor sur le derrière.) Une seule femme a été mère et vierge, par l'opération du Saint-Esprit.

– En fait d'opération, c'était une multiplication, alors, dit Leo. Non, je m'excuse de cette plaisanterie. Quand on est chez les aborigènes, il faut respecter leur religion. Je soulignerai néanmoins que si Jésus avait été le fruit d'une parthénogenèse, il aurait dû être une femme : tous les rejetons obtenus par parthénogenèse sont de sexe féminin. Seules les femmes ont un chromosome X, comme tu le sais – tu le sais, non? – et c'est le chromosome Y de l'homme qui fait que le bébé sera un garçon.

– Dieu est par définition tout-puissant, argua Glenda. Il aurait pu, euh, introduire une sorte de chromosome Y spirituel.

– Bien répondu! s'esclaffa Tincrowdor. Glenda, tu ferais un excellent auteur de science-fiction. Quoi qu'il en soit, toute culture engendre ses perversions et cette société lesbienne ne faisait pas exception. Aussi quelques femmes dénaturées n'éprouvèrent aucune répulsion pour le cosmonaute et le considérèrent au contraire comme un objet sexuel hautement désirable.

– On ne peut parler de perversion si une femme désire un homme, objecta Eyre.

– La perversion est fonction de ce qu'une culture considère comme normal. Quand nous étions gosses, presque tout le monde considérait les turluttes comme de la perversion et l'on risquait vingt ans de prison ou davantage si l'on se faisait prendre. De nos jours, c'est différent et vers l'an 2010, tout ce qui se passera entre adultes consentants sera permis. Mais il y a encore des millions de gens dans ce pays pour penser que seule la position dite du missionnaire plaît à Dieu. Et des millions de couples – le croiriez-vous? – qui ne se déshabillent pas l'un devant l'autre et éteignent la lumière quand ils ont des rapports. Ces dinosaures sexuels, car c'est ce qu'ils sont, auront disparu dans cinquante ans. Puis-je avoir un autre verre?

Paul Eyre coula un regard en direction de sa femme, qu'il soupçonnait d'avoir fait des confidences à Morna puisque Tincrowdor avait bien fait comprendre que c'était des Eyre qu'il parlait. Il n'y avait donc plus rien de sacré? En outre, il n'aimait pas que l'on tienne ce genre de conversation en présence de Glenda.

– Roger, tu veux bien servir à Leo un autre whisky? dit-il.

Tandis que Roger sortait à contrecœur, Mavice demanda :

– Qu'est-il arrivé au cosmonaute?

– Comme il était homosexuel, il refusa de faire quoi que ce soit aux femmes qui le libérèrent de sa cage. Dépitées, elles le livrèrent aux prêtresses, qui l'offrirent en sacrifice. Puis on l'empailla et on le plaça dans un musée à côté d'un gorille mais, à la suite de plaintes de la Ligue pour la Décence, on lui mit une jupe pour couvrir ses parties génitales écœurantes.

– Et que signifie le titre? demanda encore Mavice.

– Je l'ai emprunté à Oscar Wilde, qui a dit un jour : les femmes sont des sphinx sans secrets.

– Cela me plaît beaucoup! s'extasia Mavice.

– Wilde était pédé, déclara Morna. Que savait-il des femmes?

– Étant lui-même à moitié femme, il les connaissait mieux que la plupart des hommes, répondit Tincrowdor.

Afin de détourner la conversation, Paul prit le second livre et lut sur la couverture :

– *Les béquilles d'Osiris*... Qu'est-ce que cela veut dire? J'aurais peut-être mieux fait de ne pas poser la question.

– Osiris est un dieu de l'ancienne Egypte que son vilain frère, Seth, découpa en morceaux qu'il éparpilla sur toute la terre. Mais l'épouse d'Osiris, Isis, et son fils, Horus, retrouvèrent les morceaux, les rassemblèrent et ressuscitèrent Osiris. Mon livre raconte cette histoire en détail. Pendant longtemps, il manqua une jambe à Osiris, qui clopina à travers toute la terre pour la retrouver. Ce n'était d'ailleurs pas la seule chose qui lui manquait : comme son nez demeurait lui aussi introuvable, c'est son pénis qu'Isis lui colla sur la cavité nasale. Voilà pourquoi on représente parfois Osiris avec une tête d'ibis, un oiseau au long bec. Jugeant la chose obscène, un des premiers pharaons ordonna à tous les artistes de changer le pénis en bec.

Quoi qu'il en soit, après maintes mésaventures, Osiris finit par récupérer sa jambe et le regretta aussitôt car il éveillait davantage la sympathie des gens quand il était infirme. Il retrouva aussi son nez mais la tribu qui le gardait refusa de le rendre : elle en avait fait un dieu qui lui assurait de bonnes récoltes, des naissances nombreuses, et dispensait des oracles excellents quoique un tantinet nasillards.

Osiris accabla la tribu de fléaux et lui fit si peur qu'elle lui restitua son nez. Pourtant il aurait mieux fait de ne pas s'ingérer dans ses pratiques religieuses : son nez s'enflait et s'allongeait quand il était excité – à savoir la plupart du temps puisqu'il était dieu – et il respirait par son pénis.

– Pour l'amour du ciel! c'est de la pornographie! s'indigna Paul. Pas étonnant que Potts ne veuille pas parler de tes livres!

– On a lancé la même accusation contre Aristophane, Rabelais et Joyce, fit observer Tincrowdor.

– Je préfère que le journal ne publie pas de critique de ses romans, avoua Morna. Ce serait très embarrassant. Je suis en bons termes avec les voisins et s'ils apprenaient ce qu'il écrit, ils nous mettraient en quarantaine. Par bonheur ils ne lisent pas de science-fiction.

Leo demeura un moment silencieux puis dit en regardant la main bandée de Paul :

– Morna m'a raconté que ton chien t'a mordu et que tu as dû l'abattre.

Dans la bouche de l'écrivain, la phrase résonnait comme une terrible accusation.

– Roger en a pleuré, dit Mavice.

– La mort d'un chien fait pleurer un homme qui a piégé des boîtes de conserve pour mutiler des gosses, commenta Leo.

Roger lui tendit son verre en répliquant :

– Des gosses qui balançaient des grenades dans nos camions!

– Oui, je sais, convint Tincrowdor. Avant de critiquer quelqu'un, marche donc un kilomètre avec ses bottes. J'ai tiré sur des gamins de douze ans pendant la guerre mais ils me tiraient dessus. Le principe est le même, je suppose. C'est son application que je n'aime pas. Il t'est arrivé de voir tes victimes, Roger? Après les explosions, je veux dire.

– Non, je n'ai pas de goûts morbides.

– Moi je les ai vues. Je ne l'oublierai jamais.

– Arrête donc de picoler, conseilla Morna. Tu commences par être injurieux et tu finis dans le larmoyant.

– C'est la championne du monde d'injures qui vous parle, dit Tincrowdor. Elle appelle ça de la franchise. Tu as mal, Paul?

– Tu es le premier à me poser la question, répondit Eyre. Ici, on s'intéressait plus au chien qu'à moi.

– Ce n'est pas vrai! s'insurgea Mavice. J'ai très peur qu'il n'ait attrapé la rage.

– S'il commence à baver, tue-le, recommanda l'écrivain.

– Ce n'est pas drôle, désapprouva son épouse. Quand je travaillais à l'hôpital, j'ai vu un enfant mordu par un chien. Il n'a pas attrapé pas la rage mais le vaccin l'a fait terriblement souffrir. Ne t'inquiète pas, Paul : il est peu probable que Riley ait eu la rage, il n'était pas en contact avec d'autres animaux. L'autopsie montrera peut-être qu'il avait une tumeur au cerveau ou quelque chose de ce genre.

– Peut-être n'aimait-il pas Paul, tout simplement, suggéra Leo.

Paul comprit que Tincrowdor parlait non seulement du chien mais aussi de lui-même.

– J'ai écrit une nouvelle intitulée *Les vaccinateurs de Véga,* poursuivit le romancier. Les Végans vinrent un jour sur terre avec une grande flotte et des armes contre lesquelles les Terriens étaient impuissants. Les Végans étaient bipèdes mais couverts de poils et avaient mauvaise haleine parce qu'ils ne mangeaient que de la viande. En fait, ils descendaient du chien et non du singe. Ils avaient de grands yeux noirs pleins de tendresse et se montraient ravis que nous ayons tant de poteaux télégraphiques. Ils étaient venus non pour conquérir notre planète mais pour sauver l'univers d'une terrible maladie. Avant qu'elle ne se répande dans toute la galaxie, ils immuniseraient tout le monde. Les Terriens ne voulurent pas d'une vaccination obligatoire mais les Végans soulignèrent que les Terriens eux-mêmes avaient créé un précédent.

Après avoir vacciné l'ensemble de la population, les Végans partirent en emportant plusieurs réalisations terriennes qu'ils jugeaient remarquables. Ce n'étaient ni nos grandes œuvres d'art, ni nos voitures de sport ni nos bombes atomiques mais nos bouches d'incendie et notre poudre insecticide. Dix semaines plus tard tous les membres de l'espèce *homo sapiens* moururent soudainement : les Végans avaient oublié de nous dire que la terrible maladie, c'était *nous,* qui n'aurions plus tardé à voyager dans l'espace.

– Tu n'écris jamais rien de bien sur les gens? demanda Paul.

– Les gens ont les auteurs de science-fiction qu'ils méritent, repartit Tincrowdor.

C'est du moins ce que Eyre crut entendre car l'écrivain devenait de moins en moins intelligible à chaque gorgée.

– Si, bien sûr, j'ai écrit des nouvelles sur des gens bien. Ils se font toujours tuer – regarde ce qui est arrivé à Jésus. J'ai même pondu une historiette à la gloire de l'humanité que j'ai intitulée *Un trou au Paradis.* Dieu fait le tour du Jardin d'Éden dans la fraîcheur du soir. Il vient d'en chasser Adam et Ève et Se demande s'Il n'aurait pas mieux fait de les tuer. Car, voyez-vous, il n'y a pas d'animaux au-dehors, ils coulent tous des jours heureux au Paradis. Le Jardin d'Éden n'est pas grand mais les bêtes ne risquent pas d'y devenir trop nombreuses. L'écosystème de Dieu est parfait, les naissances équilibrent très exactement les morts.

Mais au-dehors, il n'existe rien hormis les accidents, les maladies et les meurtres pour endiguer la croissance de la population humaine.

Ni félins aux crocs longs comme des sabres ni serpents venimeux. Ni moutons ni porcs ni bœufs non plus, ce qui signifie que l'humanité sera végétarienne et qu'elle devra manger des noix pour avoir des protéines. Rapidement les hommes peupleront toute la planète et comme ils n'inventeront pas l'agriculture avant deux mille ans, ils mangeront toutes les noix. Puis ils regarderont par-dessus la clôture entourant le Jardin d'Éden et y verront toutes ces nourritures à quatre pattes. Plus de Paradis. Le Jardin sera dévasté, les fleurs piétinées, les animaux exterminés dans une orgie carnivore. Peut-être Dieu devrait-Il revenir sur Sa décision et les foudroyer avec deux ou trois éclairs. De toute façon, Il a besoin de s'entraîner un peu à lancer la foudre.

Une autre chose qui tracasse Dieu, c'est qu'Il ne peut pas s'empêcher de penser à Ève. Dieu éprouve les émotions de toutes Ses créatures, c'est une sorte de poste récepteur spirituel. Quand un éléphant est constipé, Dieu a mal au ventre; quand un babouin est rejeté par sa troupe, Il ressent sa solitude et sa tristesse; quand un loup tue un faon, Il perçoit l'horreur de l'un, le plaisir de l'autre. Il sent aussi la saveur délicieuse de la viande lorsqu'elle passe dans le gosier du loup et Il apprécie également les sensations sexuelles des animaux.

Chez les humains, le sexe prend une forme plus évoluée qui fait aussi appel à la psychologie et cela n'en est que meilleur. Par ailleurs, et toujours du fait de la psychologie, c'est souvent aussi beaucoup moins bon mais Adam et Ève n'existent pas depuis assez longtemps pour avoir de gros problèmes psychologiques. Aussi Dieu prend-Il du plaisir aux accouplements d'Adam et Ève, comme une espèce de voyeur mental. Sur le plan qualitatif, les humains surpassent les autres créatures de cent coudées, il n'y a pas de comparaison.

Lorsque Adam prend Ève dans ses bras, Dieu l'enlace aussi mais dans ce triangle éternel, il n'y a pas de cocufiage. En outre, Dieu pourrait revendiquer d'avoir vu Ève le premier.

Pourtant, après avoir chassé Adam et Ève du Paradis, Dieu avait décidé de réduire le volume des sensations qu'Il recevait d'eux. Il resterait branché mais ne percevrait que de faibles signaux. Autrement dit, Il ne connaîtrait pas l'extase totale quand ils feraient l'amour mais, par contre, Il ne souffrirait pas beaucoup de leur chagrin et de leur solitude. Adam et Ève sont en Afrique, très loin; ils se dirigent vers le sud et la réception devient de plus en plus faible. Tout ce que Dieu ressent, c'est un sentiment de tristesse. Cependant, Il continue à voir Ève en pensée et Il a conscience de ce qu'Il manque. N'empêche, Il se refuse à augmenter le volume, Il doit essayer de les oublier.

Plongé dans ces réflexions, Il marche le long de la clôture quand Il sent un courant d'air : l'air froid du monde extérieur s'infiltre dans la tiédeur agréable du Jardin. Ce n'est pas normal, Dieu en cherche la raison et découvre un trou creusé sous la clôture d'or émaillée de joyaux qui entoure le Paradis. Il est abasourdi car le trou a été creusé côté Jardin; quelqu'un est *sorti* du

Paradis et Dieu n'y comprend rien. Il comprendrait qu'on essaye d'y *entrer* mais d'en *sortir!*

Quelques minutes ou quelques milliers d'années plus tard (quand il est absorbé dans ses pensées, Dieu ne se rend pas compte du temps qui passe), Il reçoit un nouveau sentiment d'Adam et Ève. Ils sont joyeux, nettement moins peinés d'avoir été chassés du Paradis.

Dieu sort alors du Jardin et se rend en Afrique pour découvrir la raison de ce changement. Il pourrait y être en une nanoseconde mais Il préfère marcher. Il trouve Adam et Ève dans une caverne devant laquelle deux chiens et leurs petits montent la garde. Les animaux grondent et aboient avant de Le reconnaître. Dieu les caresse, regarde à l'intérieur de la caverne, y voit Adam et Ève et leurs enfants : Caïn, Abel et deux petites filles. Ce sont les sœurs de Caïn et Abel qui deviendront leurs femmes, vous savez. Mais c'est une autre histoire.

Dieu est touché. Si les humains savent gagner l'affection des chiens au point que ces animaux quittent les délices du Jardin d'Éden pour les retrouver, ils doivent avoir en eux quelque chose de bon. Dieu retourne donc au Paradis et ordonne à l'ange à l'épée flamboyante de chasser les autres bêtes.

– Ça va faire du joli, objecte l'ange.

– Je le sais, dit Dieu mais, sans autres animaux, les chiens vont mourir de faim. Ils n'ont que des noix à manger.

Paul et Mavice étaient choqués par un tel blasphème, Roger et Glenda riaient. Il y avait une pointe d'embarras dans leur rire mais elle était due à la réaction de leurs parents.

Morna s'esclaffa elle aussi avant de dire :

– Voilà l'homme avec qui je suis condamnée à vivre! Et quand il raconte ces histoires sur Osiris et sur Dieu, c'est de lui-même qu'il parle!

Le silence qui suivit fournit à Eyre l'occasion de prendre la parole :

– J'ai fait un rêve cet après-midi, Leo. Tu pourrais t'en servir dans une de tes nouvelles.

– D'accord, je t'écoute, dit Tincrowdor d'un air las.

– Tu n'as pas dormi cet après-midi, intervint Mavice. Tu n'es pas resté au lit plus de quelques minutes.

– Je sais bien si j'ai dormi ou pas. Mon rêve a dû être provoqué par ce qui m'est arrivé ce matin mais il est étrange. Je chassais la caille, comme ce matin, dans le même champ et Riley venait de se mettre à l'arrêt, comme ce matin aussi, mais à partir de là...

Le romancier attendit que Paul eût terminé pour demander à Roger de remplir son verre. Puis il se tourna les pouces un moment et dit :

– Le plus étonnant, dans ce rêve, c'est que tu l'aies fait. Il est trop riche en détails pleins d'imagination pour quelqu'un comme toi.

Eyre voulut protester mais Tincrowdor lui imposa silence de la main.

– Morna m'a parlé de rêves que tu avais racontés à Mavice. Tu n'en fais pas souvent – ou plutôt tu ne te souviens pas souvent de ceux que tu fais – et ils te semblent remarquables. Mais ils ne le sont pas, leur matière est très pauvre.

Vois-tu, plus une personne a l'esprit créateur, fertile en imagination, plus ses rêves sont riches et originaux. Oui, je sais, tu as un cerveau inventif et mécanique, tu bricoles toujours sur des gadgets que tu as conçus. En fait, certains d'entre eux auraient pu faire ta fortune mais soit tu as tardé à déposer une licence – et quelqu'un d'autre t'a devancé – soit tu ne t'es jamais décidé à en fabriquer un modèle ou tu ne l'as jamais terminé. Bref, tu t'es toujours fait battre sur le fil. Ce qui est significatif. Tu devrais essayer de savoir pourquoi tu traînasses comme cela. Mais tu ne crois pas à la psychanalyse, n'est-ce pas?

– Quel rapport avec mon rêve?

– Tout est lié, sous la surface, là où les racines poussent dans le noir, où les vers rampent à l'aveuglette, où les gnomes creusent des galeries pour trouver de l'or. Même le bavardage stupide de Mavice sur les tailles des robes, les recettes de cuisine, les ragots concernant leurs amies a un sens. Écoute-les un moment, si tu parviens à le supporter, tu t'apercevras qu'elles ne disent pas ce qu'elles ont l'air de dire. Derrière la conversation futile se cache un message secret que l'on peut décoder si l'on fait de gros efforts et si on est capable de le comprendre. Il s'agit le plus souvent de S.O.S., de signaux de détresse sibyllins.

– Ça alors! s'exclama Mavice.

– Sibyllin toi-même! lança Morna.

– Et mon rêve? rappela Paul.

– Je suis romancier, pas analyste, je ne sais pas ce que ton rêve signifie. Pour le savoir, adresse-toi à un psychanalyste. Bien sûr, tu ne le feras jamais parce que, premièrement, cela coûte très cher, deuxièmement, tu aurais peur que les gens te croient fou. D'ailleurs tu l'es, quoique tu souffres de cette sorte de maladie mentale qu'on appelle la *normalité.* Ce qui m'intéresse, ce sont les éléments de ton rêve. La soucoupe volante, le sang gazeux et doré s'échappant de sa blessure, le sphinx, la cité verte scintillante.

– Le sphinx? dit Paul. La grande statue située à côté des pyramides? Le lion à tête de femme?

– Non, ça, c'est le sphinx égyptien – mâle, et non femelle, soit dit en passant. Je parle du sphinx de la Grèce antique avec un corps de lion, une poitrine et un visage de femme. Encore que celui que tu décris ressemble davantage à un léocentaure : un torse féminin sur un corps de lion – de lionne, pour être exact – là où devrait être le cou de l'animal.

– Je n'ai rien vu de tel! protesta Paul.

– Tu ne l'as pas vu en entier mais, manifestement, c'était un léocentaure. Tu ne lui as pas non plus laissé le temps de te poser la question : *qu'est-ce qui, le matin, marche à quatre pattes, l'après-midi sur deux et le soir sur trois?* Œdipe a résolu l'énigme avant de tuer le Sphinx. Toi, tu lui as tiré dessus avant qu'il puisse ouvrir la bouche.

– Quelle était la réponse? s'enquit Mavice.

– L'homme, dit Glenda. Une réponse typiquement anthropocentrique et phallocrate.

– Nous ne sommes plus dans l'Antiquité et je suis sûr qu'elle avait à te poser une question correspondant à notre époque, reprit Tincrowdor. En tout cas, tu dois avoir lu un jour quelque chose à ce sujet, peut-être à l'école. Sinon pourquoi cette image? Et la cité verte? Tu as lu *Le magicien d'Oz?*

– Non mais j'ai dû emmener Roger et Glenda voir le film quand ils étaient gosses. Mavice était souffrante.

– Il n'a pas voulu me laisser le revoir le mois dernier à la télé, se plaignit Glenda. Il prétend que Judy Garland était un être avili.

– Elle se droguait! déclara Eyre. D'ailleurs, ce film n'est qu'un fatras d'inepties.

– C'est bien de toi de traiter de vile une pauvre femme en détresse, soupira l'écrivain. Et je suppose que *Bonanza,* ton feuilleton préféré, ce n'est pas une œuvre d'imagination? Pas plus que *The Music Man,* dont tu raffoles, ou que la plupart des articles de ton torchon de droite, le *Busiris Journal-Star,* que tu lis comme l'Évangile?

– Je te croyais plus intelligent, rétorqua Paul. En fait, tu n'as pas la moindre idée de ce que mon rêve signifie!

– Si j'étais intelligent, je te prendrais vingt-cinq dollars de l'heure. Mais je me demande si c'était bien un rêve, si tu n'as pas *vraiment* vu tout cela dans le champ. A ce propos, où se trouve-t-il, ce champ? J'aimerais faire une petite enquête.

– Tu es cinglé!

– Je crois qu'il vaut mieux que nous rentrions, dit Morna. Paul a une mine épouvantable.

Malgré la haine qu'il éprouvait à cette minute

pour le romancier, Eyre ne voulait pas le voir partir.

– Un instant. Tu ne penses pas que mon rêve ferait une excellente nouvelle?

– Peut-être. Disons que la soucoupe n'est pas un engin mécanique mais un être vivant. Elle vient d'une planète d'un système solaire lointain, naturellement. De nos jours, les Martiens ne sont plus de rigueur. Disons que l'être-soucoupe se pose sur la Terre pour l'ensemencer : la substance jaune n'est pas du sang mais des spores ou des œufs. Quand il est prêt à frayer, ou à pondre, il est en position vulnérable, comme la tortue de mer qui vient enfouir ses œufs sur une plage. Il perd de sa mobilité. Un chasseur survient au moment critique et lui tire dessus; les plombs déchirent la matrice et libèrent prématurément les œufs. Incapable de s'enfuir, l'être-soucoupe se cache. Comme le chasseur est courageux ou dépourvu d'imagination, ou les deux à la fois, il le poursuit mais l'être a encore la force de projeter de fausses images de lui-même : son champ électromagnétique, ou le système qui lui permet de voler dans l'espace, stimule le cerveau du bipède étrange qui le traque et suscite des images profondément enfouies dans son inconscient. Le chasseur croit voir un sphinx, une cité verte étincelante.

Au cours de la poursuite, le chasseur a inhalé plusieurs spores ou œufs. C'est précisément ce que l'être-soucoupe désire puisque, pour se reproduire, il doit *parasiter* en quelque sorte des organismes vivants. Comme les douves du foie de mouton. Les œufs ingérés se transforment en larves qui tirent leur nourriture de leur hôte. Ou peut-être ne faut-il pas parler de parasitisme mais de symbiose si les germes ont un effet bénéfique sur l'organisme-hôte en échange de son hospitalité temporaire. On peut aussi supposer que la période d'incubation est longue et complexe, que l'hôte peut transmettre les œufs ou les larves à d'autres organismes. C'est jaune, quand tu te mouches, Paul?

A la fin de cette période, les larves deviennent autre chose, des petites soucoupes, par exemple. Ou bien elles passent par un stade intermédiaire, se transforment en êtres horribles et hostiles. Peut-être prennent-elles des formes différentes selon la composition chimique de l'organisme-hôte. Chez les humains, la réaction n'est pas seulement physique mais psychosomatique. En tout cas, l'hôte est condamné et hautement contagieux. Quiconque entre en contact avec lui est contaminé à son tour et il est impossible d'organiser une quarantaine à notre époque de grande mobilité. L'humanité n'a inventé la locomotive, l'automobile, l'avion que pour faciliter la transmission des larves mortelles – c'est du moins le point de vue de l'être-soucoupe. Fatalité, fatalité, fatalité!

– Imbécillité, imbécillité, imbécillité, dit Morna. Rentrons, Leo. Tu vas encore ronfler comme un cochon et je ne pourrai pas fermer l'œil de la nuit. Il ronfle horriblement quand il a bu. Je le tuerais!

– Laisse plutôt le temps faire son œuvre, suggéra Tincrowdor. Je me tue lentement au whisky, cette malédiction de la race celtique.

C'est la bibine, pas les Britanniques, qui nous a battus. Sur cette allitération, je vous souhaite une bonne nuit, *Gute Nacht* – je suis aussi d'origine allemande.

– Et qu'as-tu hérité de tes ancêtres teutons? demanda Morna. Ton arrogance?

V

APRÈS le départ des Tincrowdor, Mavice déclara :

– Tu devrais te coucher, Paul, tu as vraiment l'air fatigué. Demain, nous devons nous lever tôt pour aller à la messe.

Eyre ne répondit pas. Il avait l'impression qu'une pieuvre à l'agonie lui étreignait les boyaux dans un dernier spasme. Il parvint aux toilettes juste à temps, mais la souffrance faillit lui arracher un cri. Puis la douleur cessa. Il fut pris de faiblesse en voyant ce qui flottait dans la cuvette. C'était petit, trop petit pour avoir causé une telle souffrance. Cela avait une forme ovoïde, deux à trois centimètres de long et une couleur jaune terne. Pour une raison quelconque, Paul pensa à l'histoire de la poule aux œufs d'or.

Il se mit à trembler et dix minutes s'écoulèrent avant qu'il fût capable de tirer la chasse d'eau, de se laver les mains et de sortir de la salle de bains. Il vit en pensée l'œuf se dissoudre dans la tuyauterie, passer par le centre d'épuration des eaux, répandre ses parcelles malfaisantes dans la vase récupérée et utilisée comme engrais dans les champs, s'infiltrer dans le blé, le maïs, le soja par leur racines, être ingéré et transporté par des hommes, des animaux...

Dans la chambre, lorsque Mavice voulut l'embrasser pour lui souhaiter bonne nuit, il se détourna. Était-il contagieux? Ce cinglé de Tincrowdor avait-il par hasard découvert la vérité?

– Bon, pas de baiser, se plaignit Mavice de sa voix criarde. Tu m'embrasses seulement quand tu as envie de coucher avec moi, c'est le seul moment où tu me donnes un peu de tendresse – si on peut appeler cela de la tendresse. Mais je préfère : j'ai une infection de la vessie et tu me ferais mal. Bien sûr, je dois remplir mon devoir d'épouse, même si je suis malade. C'est ce que tu penses, en tout cas.

– Ferme-la, Mavice. C'est moi qui suis malade. Je ne veux pas te donner...

– Me donner quoi? Tu as dit que tu te sentais bien. Tu n'as pas la grippe, n'est-ce pas?

– Je ne sais pas ce que j'ai.

Il poussa un grognement.

– Oh! Seigneur, j'espère que ce n'est pas la rage, se lamenta Mavice.

– Impossible. D'après Morna, la rage ne se manifeste pas si vite.

– Qu'est-ce que c'est, alors?

– Je n'en sais rien, répondit Paul avant d'émettre un nouveau grognement. Quelle est cette citation que Leo aime faire? Les dieux rendent fous ceux qu'ils veulent perdre, non?

– Oh! ça ne veut rien dire, fit Mavice, radoucie.

Elle embrassa son mari sur la joue avant qu'il ne pût l'en empêcher et se tourna de l'autre côté, loin de lui.

Paul demeura longtemps éveillé puis sombra dans un sommeil peuplé de rêves qui le réveillèrent plusieurs fois. Il ne se souvint pas de tous mais, dans l'un d'eux, il vit une cité verte scintillante, une créature mi-femme mi-lionne qui avançait vers lui à travers un champ de fleurs écarlates.

VI

ROGER EYRE se releva et regarda Leo Tincrowdor. Les deux hommes se tenaient près de la lisière d'un champ de maïs, en bordure de Little Rome Road.

– Ce sont bien les traces d'un félin, dit-il. Un grand félin. Si je ne savais pas que c'est impossible, je dirais qu'elles ont été laissées par un lion ou un tigre. Et capable de voler, en plus.

– Tu étudies la zoologie, tu dois t'y connaître, dit Tincrowdor avant de scruter le ciel. Il va pleuvoir, j'espère que nous aurons quand même le temps de faire des moulages. Si nous retournions chez toi chercher du plâtre...

– Non. Ça va être une pluie d'orage. Elle va tout effacer.

– Bon sang, j'aurais au moins dû emporter un appareil-photo. Mais je n'imaginais pas trouver des preuves matérielles comme celles-ci. Ton père n'est pas fou et ce rêve... Je me doutais que c'était autre chose.

– Vous devez plaisanter.

Tincrowdor tendit la main vers les traces imprimées dans la boue.

– Ton père se rendait en voiture à son travail lorsqu'il s'est soudain arrêté ici. Trois hommes se trouvant dans un véhicule qui suivait à quatre cents mètres derrière en furent témoins. Ils le connaissent, ils travaillent chez Trackless. Ils s'arrêtèrent eux aussi, lui demandèrent s'il était en panne. Il marmonna quelques mots inintelligibles puis tomba en catatonie. Tu crois qu'il s'agit d'une simple coïncidence?

Dix minutes plus tard, dans le hall de l'Adler Sanitorium, l'écrivain déclarait à son compagnon :

– J'ai connu Croker à l'Université, j'obtiendrai peut-être de lui des confidences qu'un autre médecin ne me ferait pas. Il considère mes livres comme des fadaises mais nous sommes tous les deux membres des Irréguliers de Baker Street et nous jouons ensemble au poker deux fois par mois. Je crois qu'il a de la sympathie pour moi. Laisse-moi lui parler, et pas un mot de notre découverte. L'idée pourrait lui venir de nous enfermer, nous aussi.

Comme Mavice, Morna et Glenda sortaient à cet instant du bureau du médecin, Tincrowdor leur dit qu'ils les rejoindrait dans une minute, après avoir parlé à Croker. Il franchit la porte et lança :

– Salut, Jack. Les macchabées se portent bien?

Croker était un homme de grande taille, presque trop séduisant, une sorte de Tarzan qui aurait mangé trop de bananes ces derniers temps. Après avoir serré la main du romancier, il répondit avec une pointe d'accent anglais :

– Évitons les plaisanteries fumeuses, s'il te plaît.

– Désolé. Plaisanter est une façon de me protéger, expliqua Tincrowdor. Tu dois vraiment être très inquiet pour Paul.

La porte s'ouvrit sur Morna, qui entra en disant :

– Jack, tu m'as fait signe de revenir seule. Que se passe-t-il?

– Promettez-moi de ne rien dire à la famille ou à qui que ce soit, demanda Croker. (Il désigna de la main un microscope.) Jetez donc un coup d'œil. Toi d'abord, Morna, tu es laborantine. Leo ne comprendrait rien à ce qu'il verrait.

Morna se pencha au-dessus de l'appareil, fit les réglages nécessaires, regarda une dizaine de secondes et s'écria :

– Seigneur Dieu!

– Qu'est-ce que c'est? demanda Leo.

– Je n'en sais rien, murmura sa femme en se redressant.

– Moi non plus, avoua Croker. J'ai consulté mes livres et comme je m'y attendais, je n'y ai rien trouvé de tel.

– Laisse-moi regarder, dit Leo. Je ne suis pas aussi ignare que tu le crois.

Quelques minutes plus tard, il se redressa à son tour.

– Je ne sais pas ce que sont les autres trucs, les cellules orange, rouge, lilas, bleu foncé et violet, mais je sais qu'il n'existe pas d'organisme ayant la forme d'une brique aux extrémités arrondies et une couleur jaune vif.

– Il n'y en a pas seulement dans son sang mais

aussi dans ses tissus, reprit le médecin. Mon laborantin les a découvert en procédant à une analyse de routine. Ils semblent enrobés d'une substance cireuse imperméable aux colorants. J'en ai placé quelques-uns dans une gélose au sang et ils paraissent s'y trouver bien, quoiqu'ils ne se multiplient pas. J'ai passé la nuit à faire d'autres analyses. Eyre est en parfaite santé mis à part son état de prostration mentale. Je ne sais qu'en conclure et, à dire vrai, je suis effrayé.

C'est pourquoi je l'ai isolé des autres malades. Toutefois, je ne veux alarmer personne pour l'instant, je n'ai aucune preuve qu'il constitue un danger pour quiconque. En tout cas, son corps grouille d'organismes complètement inconnus. C'est une situation bougrement délicate car nous n'avons aucun précédent sur lequel nous appuyer.

Morna éclata en sanglots.

– S'il sort de sa catatonie, tu n'auras aucun moyen de le garder ici, fit observer Tincrowdor.

– Aucun moyen légal, convint Croker.

Morna renifla, essuya ses larmes, se moucha et dit :

– Ces organismes disparaîtront peut-être tout seuls, nous laissant avec un nouveau mystère médical.

– J'en doute, objecta Leo. A mon avis, nous en sommes seulement au début.

– Autre chose, reprit Croker. Epples, l'infirmière qui s'occupe de lui, a le visage criblé d'acné. Je devrais dire *avait*. Elle est entrée dans sa chambre pour voir comment il allait et lorsqu'elle est ressortie, elle avait la peau aussi lisse qu'un bébé.

Il y eut un long silence que Tincrowdor finit par briser :

– Tu veux dire que Paul Eyre a accompli un miracle? Mais il n'était même pas conscient et...

– J'étais stupéfait mais je suis un homme de science. Peu après que Epples, au bord de l'hystérie, m'eut raconté son histoire, je constatai qu'une verrue que j'avais à un doigt avait disparu. Et je l'avais encore juste avant d'examiner Eyre, j'en suis sûr.

– Allons, Jack! protesta Morna.

– Je sais, je sais. Il y a plus. Nous avons ici un infirmier nommé Backers, une sorte de gorille que j'ai dû réprimander à plusieurs reprises pour sa brutalité. Sans en avoir de preuve, je le soupçonnais en outre d'être délibérément cruel avec certains de nos malades les plus turbulents. Je le surveillais depuis quelque temps et je l'aurais renvoyé depuis longtemps s'il n'était pas aussi difficile de recruter du personnel.

Peu après avoir quitté Eyre, Epples, qui ne savait pas encore que ses traces d'acné avaient disparu, retourna à la chambre et y surprit Backers enfonçant une aiguille dans la cuisse de Eyre. Ce dernier prétendit par la suite qu'il soupçonnait le malade de jouer la comédie mais il n'avait en tout cas rien à faire dans sa chambre. Epples allait l'en faire sortir quand Backers porta les mains à son cœur et s'effondra. L'infirmière m'appela et lui fit du bouche à bouche jusqu'à mon arrivée. Je lui fis une piqûre d'adrénaline et, une demi-heure plus tard, il me raconta ce qui était arrivé.

Or Backers n'a jamais eu aucun trouble cardiaque et l'ECG que je lui ai fait montre que son cœur est normal. Je...

– Attends, coupa Tincrowdor. Voudrais-tu dire que Eyre est capable de guérir ou de tuer? Par projection mentale?

– Je ne sais ni comment il fait ni pourquoi. Dans le cas de Backers, j'aurais cru à une simple coïncidence s'il n'y avait eu l'acné de Epples et ma verrue. J'ai additionné deux et deux, j'ai décidé de tenter une petite expérience. Je me sentais un peu idiot de faire cela mais les hommes de science se précipitent là où les imbéciles ont peur de s'aventurer. Ou peut-être est-ce l'inverse.

Quoi qu'il en soit, je lâchai dans la chambre de Eyre une dizaine de moustiques de mon laboratoire. Et tiens-toi bien, les six insectes qui se posèrent sur lui dans l'intention de se mettre à table tombèrent morts. Par terre, comme Backers.

Après un nouveau long silence, Morna prit la parole :

– S'il peut guérir les gens...

– Pas *lui*, rectifia Croker. Je pense que les mystérieux micro-organismes jaunes de ses tissus sont d'une façon ou d'une autre responsables de ce qui se passe. Cela paraît incroyable, mais...

– S'il peut guérir les gens, c'est formidable! s'exclama Morna.

– Mais s'il peut aussi tuer..., murmura Leo. Et je dis bien *si* parce qu'il faudra procéder à d'autres expériences avant d'admettre la possibilité d'un tel pouvoir. Si donc il peut tuer tous ceux qui le menacent...

– Eh bien? demanda Croker.

– Imagine ce qui arriverait s'il sortait d'ici. On ne peut pas laisser en liberté un homme comme lui. Quand je songe au nombre de colères que je lui ai fait piquer! Ce serait pire que de lâcher un tigre affamé dans la Grand-Rue.

– Exactement, approuva Croker. Et tant qu'il restera en catatonie, il ne pourra sortir d'ici. Nous allons le mettre en quarantaine absolue : après tout, il a peut-être une maladie mortelle. Et si vous répétez un seul mot de tout ceci à n'importe qui, y compris aux membres de sa famille, je nierai en bloc. Epples ne dira rien, Backers non plus. Je l'ai gardé ici précisément pour pouvoir le contrôler. Tu comprends?

– Je comprends que Paul passera peut-être le reste de ses jours à l'hôpital, dit Tincrowdor. Pour le bien de l'humanité.

DEUXIÈME PARTIE

TOUCHÉ PAR L'ÉTOILE

I

LA porte de fer percée d'un judas aux allures de monocle s'ouvrit et l'on poussa à l'intérieur une petite cage à laquelle était attachée une chaîne. La porte de la cage se releva, un gros rat gris-brun en jaillit tandis que la porte de fer se refermait silencieusement.

La pièce, dépourvue de fenêtre, mesurait deux mètres cinquante sur quatre et ses murs de plâtre blanc étaient nus. Une caméra de télévision en circuit fermé était perchée sur un support, dans l'angle qu'un des murs faisait avec le plafond. Elle était braquée sur les seuls meubles de la pièce : un lit, une chaise, une armoire métallique, un lit sur lequel un homme était étendu, les yeux clos, les bras le long du corps, la pointe des pieds tournée vers le plafond. Mince, les épaules larges et le ventre plat, il mesurait un mètre soixante-quinze et, malgré ses cinquante-quatre ans, il avait une chevelure brune où ne se voyait aucun fil d'argent. Il avait le front haut, des sourcils bruns broussailleux, une épaisse moustache d'officier, un menton rond creusé en son milieu d'une fossette. Son bras droit et sa jambe gauche étaient attachés par une chaîne aux montants métalliques du lit.

Le rat trottina autour de la pièce en reniflant le bas des murs puis grimpa le long d'un drap en s'aidant de ses griffes. Il approcha le museau du fer entourant la cheville gauche de l'homme et se mit à grignoter la crème épaisse dont le métal était recouvert.

Quand il eut englouti le fromage relevé de miettes de crabe, l'animal toucha plusieurs fois de son nez la jambe de l'homme comme s'il y cherchait encore de la nourriture. L'homme ne bougea pas, ses paupières restèrent baissées.

Le rat courut le long de la jambe du dormeur, s'arrêta sur son estomac puis se remit à avancer lentement, les narines palpitantes. Soudain il sauta vers le fromage mêlé de viande étalé sur le visage de l'homme mais tomba avant d'atteindre son objectif, roula sur le corps de l'homme et s'immobilisa près de son cou. La gueule ouverte du rongeur montrait des gencives sans dents.

L'homme posté derrière la porte pâlit, jura puis fit un signe à une silhouette se tenant au bout du couloir. Une infirmière vêtue d'une combinaison blanche, les mains gantées et la face couverte d'un masque de plongeur, se précipita vers lui.

– Allez chercher le rat! ordonna-t-il.

L'infirmière lui jeta un regard puis entra dans la pièce. De ses mains gantées, elle souleva le rat mort, le plaça dans la cage, qu'elle emporta en sortant. L'homme ferma la porte, glissa la clef dans la poche de sa blouse blanche et dit :

– Portez-le au labo.

Il regarda ensuite dans la pièce, où le dormeur n'avait pas bougé. Il était cependant évident, pour l'observateur, que quelque chose en l'homme avait détecté le danger et pris des mesures appropriées. Et pourtant, c'était totalement impossible.

II

PAUL EYRE avait rêvé d'une cité verte scintillante se dressant au bout d'un immense champ de fleurs rouges et s'était senti heureux jusqu'au moment où il avait ouvert les yeux. Il se redressa, l'air hébété. Il se rappela avoir aperçu un visage de femme parmi les épis de blé, avoir entrevu le grand corps fauve soutenant son buste et avoir enfoncé la pédale de frein. La voiture s'était arrêtée sur le bas-côté, Paul avait mis au point mort et regardé la femme. Elle avait agité un bras blanc et souri, découvrant des dents qui n'avaient rien d'humain : pointues et largement espacées, comme celles d'un chat, elles étaient cependant régulières. Paul s'était mis à trembler puis avait perdu conscience.

Il se trouvait à présent dans une étrange pièce nue. En voulant se lever, il s'aperçut qu'il était enchaîné au lit par un bras et une jambe. « Qu'est-ce qui se passe? cria-t-il. Qu'est-ce qui se passe ici? »

Ses oreilles bourdonnaient, il avait des palpitations. Il s'allongea de nouveau et fixa des yeux l'unique source de lumière : une ampoule au plafond protégée par un épais grillage. Puis il vit la caméra de télévision, sorte de gargouille borgne perchée sur une équerre métallique. Quelques minutes plus tard, la porte s'ouvrit, une femme tout enveloppée de blanc entra, tenant à la main une seringue hypodermique.

Le temps que la porte était restée ouverte, Eyre avait aperçu dans le couloir un visage d'homme aux traits lourds, avec d'épais sourcils noirs, un nez cassé, de grosses lèvres.

– Comment allez-vous, Mr. Eyre? demanda la voix assourdie de la femme derrière le rectangle de verre de son masque.

Elle demeurait au pied du lit comme si elle attendait la permission d'avancer.

– Où suis-je? Qu'est-ce qui se passe?

– A l'Adler Sanitarium. Vous êtes resté quatre jours en catatonie. Je m'appelle Mrs. Epples, je suis là pour vous aider à guérir. Si vous voulez bien, je vais vous faire une piqûre – juste un tranquillisant, cela ne vous fera aucun mal.

Elle parlait d'une façon bizarre pour une infirmière, comme si elle avait peur de lui, et Paul eut l'impression qu'elle n'insisterait pas s'il refusait la piqûre.

Il se sentait faible, son estomac gargouillait, il avait faim. Sa bouche était sèche comme du parchemin.

– Je ne veux pas de piqûre, répondit-il. Pourquoi suis-je attaché? Que faites-vous dans cet accoutrement? J'ai une maladie contagieuse?

La femme se tourna vers l'œil froid de la

caméra comme si elle espérait en tirer quelque assurance.

– Vous posez trop de questions à la fois, dit-elle avec un rire nerveux. On vous a attaché pour vous empêcher de vous blesser. Nous ne savons pas si vous êtes malade ou non mais il y a dans votre sang des, euh, des organismes étranges. Tant que nous ne connaîtrons pas leur nature exacte, nous devrons vous garder en quarantaine.

– Mon bras gauche et ma jambe droite ne sont pas attachés, répliqua Eyre. Rien ne m'empêche de m'en servir pour me blesser si c'est vraiment cela qui vous inquiète. Et de quels organismes parlez-vous?

– Des organismes inconnus jusqu'alors, répondit l'infirmière.

– Et si je dois aller aux toilettes?

– Il y a un bassin de lit et du papier hygiénique sur l'étagère. Vous pouvez l'atteindre.

– Comment je vous appelle pour emporter le bassin?

– Nous saurons quand vous aurez besoin de quelqu'un, dit la femme en jetant un coup d'œil à la caméra.

– Vous voulez dire qu'on m'*épie?*

– Nous ne voulons pas que vous vous blessiez, expliqua-t-elle en reculant.

– Vous n'avez aucun droit de me garder ici! cria Paul. Je veux sortir immédiatement!

– Je vous apporte à manger, déclara l'infirmière avant de quitter la pièce.

La colère de Paul grimpa puis retomba. Il prit

peur, se sentit complètement perdu. S'il s'était réveillé avec une camisole de force, si l'infirmière lui avait annoncé qu'il était fou, il aurait compris. Mais tout *sonnait faux* dans sa situation. On le retenait prisonnier, on lui mentait. Paul était absolument sûr qu'il se trouvait là à cause de ce qui s'était passé dans le bois – quand, déjà? – cinq jours plus tôt. Et cette femme, Mrs. Epples, avait peur de lui pour une raison ou pour une autre. Pourtant, il était censé être resté en cata-chose, bref dans une sorte de coma. Qu'avait-il bien pu faire pour l'effrayer de la sorte? Disait-elle la vérité quand elle parlait des organismes bizarres de son sang?

Eyre n'avait jamais été capable de cesser un moment toute activité pour réfléchir – sauf quand il imaginait quelque nouveau gadget. De plus, il lui fallait un papier et un crayon pour mettre de l'ordre dans ses idées. Il ne lisait que des journaux, des revues parlant de chasse, d'automobiles, de bateaux à moteur, ou des ouvrages techniques relatifs à son travail. Il pouvait rester assis une heure environ à regarder la télévision ou à bavarder avec des amis mais ensuite il ne tenait plus en place, il devait se lever, se mettre à faire quelque chose. Ou plutôt à bouger, pensa-t-il. Oui, il fallait qu'il bouge. Pourquoi?

C'était la première fois de sa vie qu'il se posait cette question, la première fois, en fait, qu'il s'interrogeait sur lui-même. Qu'avait-il?

Il ne fallait pas être grand clerc pour comprendre que ses sensations – sa sensibilité, aurait dit Tincrowdor – s'étaient aiguisées, ni pour relier cette transformation à ce qui s'était passé dans le bois. Autrement dit, les organismes infiltrés dans son sang en étaient la cause; autrement dit, ils avaient sur lui un effet bénéfique. Était-ce sûr? En outre, Eyre n'appréciait pas réellement d'avoir plus de perspicacité. Il était comme un homme qui, après avoir passé sa vie à bâtir une citadelle inexpugnable, découvrait qu'il en abattait lui-même les murailles.

Cette analogie le mit encore plus mal à l'aise car il n'avait pas l'habitude de penser en termes étrangers à la mécanique.

Eyre se réfugia dans la logique : si les organismes avaient provoqué en lui des changements dont il avait conscience, ils avaient également pu être la cause de modifications qu'il ignorait. Sinon, pourquoi l'aurait-on placé en quarantaine et pourquoi l'infirmière aurait-elle si peur de lui?

Il s'endormit en ruminant ces questions et lorsqu'il se réveilla, il se dit qu'il avait été drogué. Il vit sur son bras gauche des traces de piqûres si nombreuses qu'il devait probablement déjà y en avoir la première fois qu'il s'était éveillé, mais il était alors si troublé qu'il ne les avait pas remarquées. Toutefois, certaines d'entre elles devaient provenir des perfusions qu'on lui avait faites pour l'alimenter pendant son sommeil.

Pour quelle raison s'était-il endormi aussi brusquement? Il regarda autour de lui et découvrit ce qu'il cherchait : dans l'ombre de la caméra de télévision, l'ouverture d'un petit tuyau. On avait répandu dans la pièce un gaz anesthésique pour le rendre inconscient puis, quand le gaz s'était dissipé, l'infirmière était entrée, lui avait fait une piqûre et avait mis la perfusion en place.

A lui seul le gaz l'empêchait de s'évader et ceux qui le retenaient prisonnier devaient vraiment avoir peur de *lui* pour juger nécessaire de l'enchaîner en plus au lit. De telle précautions lui donnaient, malgré sa rage et sa frayeur, un sentiment d'importance. Pour la première fois de sa vie, il sentait profondément en lui qu'il était important pour quelqu'un.

Il s'assit, éprouva sa force en tirant sur les chaînes. Il se sentait faible mais, même s'il avait possédé toute sa vigueur, il n'aurait jamais pu espérer briser les maillons d'acier. Et même s'il l'avait pu, ceux qui le surveillaient grâce à la caméra lui auraient aussitôt expédié une dose de gaz.

Il s'étendit, réfléchit à son sort : comme la vie, il était impossible d'y échapper sans mourir.

III

DANS le bureau du docteur, Jack Croker et Leo Tincrowdor se déchiraient à belles dents.

– Mavice te prévient qu'elle fera sortir Paul si tu ne lui donnes pas l'autorisation de le voir, menaça le romancier.

– Elle en serait trop bouleversée, argua le médecin. En outre, il ne serait pas très bon pour elle de s'approcher de lui – tu sais pourquoi. Tu ferais mieux de la persuader de me laisser soigner tranquillement son mari.

– Je ne peux pas lui expliquer pourquoi il doit absolument demeurer en quarantaine, répliqua Leo. Et si on ne lui fournit aucune explication, elle décidera de le faire transporter ailleurs. De plus, quelle preuve tangible as-tu qu'il soit dangereux? Absolument aucune.

Croker n'aurait eu aucune peine à avancer des preuves et il regrettait à présent de s'être confié à Tincrowdor.

– Qu'est-il arrivé d'autre? demanda l'écrivain.

– Que veux-tu dire? grommela Croker en

allumant une cigarette pour se donner le temps de réfléchir.

– Tu m'as raconté que ton assistante avait le visage grêlé mais que ses traces d'acné avaient miraculeusement disparu après qu'elle eut fait une prise de sang à Paul. Tu m'as dit qu'un infirmier nommé Backers avait eu une crise cardiaque après avoir enfoncé une aiguille dans la cuisse de Paul. Manifestement, tu penses que ces organismes étrangers ont changé Paul, lui ont donné d'étranges pouvoirs. Manifestement, tu crains que ces organismes ne soient transmissibles.

Croker se mordit la lèvre. S'il avouait à Leo que les organismes avaient disparu – ou du moins n'étaient plus détectables – il aurait un argument de moins à faire valoir pour garder Eyre. Or il n'était pas certain qu'ils aient tous été expulsés. Il en restait peut-être encore dans des tissus qu'on ne pourrait examiner au microscope avant la mort de Eyre. Dans son cerveau, par exemple.

– Nous avons recueilli deux millions environ de ces créatures jaunes dans son urine et ses fèces, dit-il. On ne les tue ni en les faisant bouillir ni en les privant d'oxygène. Le seul moyen de les détruire rapidement, c'est de les brûler, à une température d'au moins 800 °C. Il faut des heures aux acides les plus forts pour ronger la substance dont ils sont recouverts.

– Ce seul détail devrait t'amener à la conclusion qu'ils sont d'origine extraterrestre, dit Tincrowdor.

Il regretta aussitôt sa remarque. Il n'avait

parlé au médecin ni de la soucoupe ni des traces de félin dans le champ. Si Croker croyait vraiment que les organismes en forme de brique provenaient de l'espace, il se refuserait plus que jamais à libérer Paul.

L'écrivain ne pouvait d'ailleurs l'en blâmer car la libération de Eyre pouvait entraîner une catastrophe, voire l'extinction de l'humanité. Cependant Paul était un être humain, il avait des droits inaliénables, et si la plupart de ses concitoyens prétendaient les respecter et n'en faisaient rien en réalité, Leo, lui, croyait en eux.

Toutefois, il ne tenait pas particulièrement à mourir, avec toute l'humanité, si Eyre présentait un danger réel. Pourtant il lui arrivait parfois, dans la douceur veloutée de la nuit ou la trépidation de midi, de se demander si la disparition de l'humanité ne serait pas une bonne chose. Les hommes souffraient, les uns plus que d'autres mais ils souffraient tous. La mort mettrait fin à leurs souffrances, elle empêcherait la venue sur terre d'enfants qui auraient la souffrance pour seul héritage. Les enfants obsédaient Tincrowdor. A leur naissance, ils sont bons, pensait-il, quoiqu'ils soient aussi potentiellement capables de faire le mal. La société exige invariablement qu'ils soient élevés dans l'esprit du bien mais offre au mal le meilleur des terreaux.

Comme la plupart des médecins, Croker estimait que tout allait pour le mieux dans le meilleur des mondes possibles, un monde qui leur accordait respect, prestige et richesse. Il était naturel pour eux de voir d'un mauvais œil tout ce qui pouvait changer l'ordre des choses. Hormis les très miséreux, les criminels et les policiers, les docteurs connaissaient mieux le mal que quiconque mais ils combattaient farouchement tout ce qui pouvait l'atténuer. Ils avaient par exemple lutté contre l'assurance-maladie jusqu'à ce qu'ils aient compris le parti qu'ils pouvaient en tirer.

Croker n'était cependant pas un spécimen typique de sa profession. Il avait quelque imagination, sinon il n'aurait pas fait partie des Irréguliers de Baker Street, association prenant pour principe que Sherlock Holmes existait vraiment. C'était cette imagination qui le faisait relier des choses que ses collègues plus obtus auraient jugées sans rapport. C'était ce don qui en faisait un danger pour Eyre.

Tincrowdor se rendait compte que Croker était comme lui partagé entre sa conscience et son devoir. L'ennui, dans mon cas, songeait l'écrivain, c'est que je ne me soucie pas vraiment de Paul en tant qu'individu et que je n'ai même pas de sympathie pour lui. Tout irait mieux pour lui et pour sa famille s'il était mort. Pour moi aussi d'ailleurs, et je me demande pourquoi je me mêle de cette affaire. D'autant que la logique me souffle que le sort d'un misérable être humain n'est rien comparé à celui de l'humanité.

Pourtant Leo ne souhaitait pas la mort de Paul parce qu'elle pouvait briser à jamais tout lien avec des extra-terrestres. En outre, comme la plupart des auteurs de science-fiction, Tincrowdor espérait en secret de grands cataclysmes, des invasions de créatures venues de l'espace et ravageant la planète, anéantissant presque toute l'humanité. Naturellement, il ferait partie des survivants, dont la petite troupe, ayant compris la leçon, ferait de la Terre un paradis.

Les jours où il était d'humeur insouciante, il riait de cette affabulation et se disait que les survivants ne feraient pas mieux que leurs prédécesseurs.

– Tu bois quelque chose, Leo? proposa Croker après un long silence.

– Boire obscurcit le conscient et illumine l'inconscient, déclara le romancier. Oui, je prendrais bien un verre. Ou même plusieurs.

Croker sortit une bouteille de Waller's Special Reserve et les deux hommes portèrent un toast silencieux à leurs propres réflexions. Après avoir sollicité une seconde copieuse rasade, Tincrowdor poursuivit :

– Si tu assassines Eyre, tu devras me tuer aussi – sans parler de Morna. Tu n'en serais pas capable.

– Je pourrais liquider Eyre puis me suicider, répliqua le médecin d'un ton enjoué.

Tincrowdor éclata de rire mais la repartie de Croker l'avait pris au dépourvu.

– Tu es trop curieux pour cela, riposta-t-il. Tu veux savoir ce que sont ces trucs jaunes et d'où ils viennent.

– Tu ferais mieux de me dire tout ce que tu sais. J'ai pensé à une mutation mais je ne suis pas vraiment convaincu que ce soit ça.

– Tu es finalement moins borné et plus perspicace que je ne le croyais. Bon, je vais tout te raconter.

Croker n'interrompit Leo que pour demander des précisions sur certains points puis annonça :

– A mon tour, maintenant.

Quand le médecin eut relaté l'expérience du rat, Tincrowdor se servit un autre whisky. Croker lui jeta un regard désapprobateur mais ne dit rien. Il avait un jour montré à l'écrivain le cerveau et le foie d'un clochard de la zone et Leo s'était arrêté de boire pendant trois mois. Mais il avait recommencé en donnant l'impression qu'il cherchait à rattraper le temps perdu.

– Même si Paul n'est pas contagieux, il est dangereux, dit Tincrowdor en s'asseyant. Il est capable de tuer tous ceux qu'il considère comme une menace. Ou qui provoquent simplement sa colère – et il se met souvent en rogne.

Il avala la moitié de son verre avant de poursuivre :

– Cela devrait nous dicter la conduite à suivre, à toi comme à moi. Tu ne peux pas exposer le monde à un tel danger.

– Et toi, qu'est-ce que tu ferais?

– Bon Dieu! Voilà deux hommes intelligents et pleins de compassion, qui parlent tranquillement d'assassiner quelqu'un!

– Je ne pensais pas à ça, corrigea Croker. J'envisageais plutôt de le garder prisonnier, comme une sorte d'Homme au Masque de Fer, mais je ne sais pas si c'est possible. D'abord il faudrait arranger une fausse mort, ce qui implique certaines complicités et des complications quasi insurmontables. Il faudrait le faire mourir dans un incendie, pour que le corps ne puisse être identifié, et je devrais trouver un cadavre quelque part. En outre pas question de le garder ici, quelqu'un pourrait parler. Il faudrait le faire transporter ailleurs, payer quelqu'un pour s'occuper de lui. Et dès qu'il serait en colère ou qu'il se sentirait menacé, il se mettrait à tuer.

– Et si l'affaire éclatait au grand jour, tu irais en prison et je serais accusé de complicité, enchaîna Tincrowdor. Pour ne rien te cacher, je n'ai pas le courage d'être ton complice. Pourquoi t'es-tu confié à moi, d'abord? Pour avoir quelqu'un avec qui partager la culpabilité?

– J'ai peut-être pensé que mettre quelqu'un d'autre au courant m'empêcherait de commettre un crime.

– Et te permettrait de libérer Paul la conscience tranquille, puisque tu aurais les mains liées?

– Peut-être. En tout cas, cette solution est exclue, je ne peux pas le mettre en liberté.

Croker se pencha vers Tincrowdor et ajouta :

– Si on expliquait la situation à la famille, elle serait peut-être d'accord pour qu'il reste ici. Pas forcément pour toujours puisqu'il pourrait perdre sa capacité de tuer par la pensée ou je ne sais quoi. Les organismes ont bien disparu, son pouvoir pourrait faire de même.

– On voit bien que tu ne connais pas sa famille. Son fils et sa fille accepteraient peut-être; ils ont fait des études, ils ont assez d'imagination pour songer aux conséquences possibles de la situation. Mais Mavice? Jamais! Elle nous traiterait de fous, avec nos histoires de soucoupe volante, de substance jaune et de capacité de tuer par des moyens invisibles. L'affaire s'ébruiterait rapidement parce qu'elle en parlerait à ses frères, qui sont aussi dépourvus d'imagination qu'elle. Non pas qu'ils se feraient du souci pour Paul, ils ne l'aiment pas, mais ils chercheraient à aider leur sœur. C'est la plus jeune de la famille et elle se confierait immédiatement à eux.

– Comment se fait-il que tu fréquentes les Eyre? Ils n'ont pas du tout le genre à être de tes amis.

– Morna et Mavice ont été au collège ensemble et Mavice a défendu Morna quand ses autres copines l'avaient mise en quarantaine à cause d'une histoire inventée par un garçon. Depuis, elles sont restées très amies. Malgré leur différence de niveau culturel et de convictions politiques – Morna est une libérale, tu le sais, Mavice une sacrée réactionnaire – elles s'entendent bien. J'ai eu moi-même une amourette avec Mavice à l'époque où j'étais jeune et fougueux, où je m'intéressais davantage au corps d'une femme qu'à son cerveau.

– Je ne comprendrai jamais comment tu pouvais supporter sa voix aiguë. Enfin, là n'est pas la question. Si nous servions à Mavice une histoire ne correspondant pas tout à fait à la réalité?

– Je ne vois pas comment tu pourrais le faire sans te mettre en cause.

Croker jaillit de son fauteuil et renversa du whisky sur son pantalon.

– Il faut faire quelque chose, et vite! s'exclama-t-il.

On frappa à la porte du bureau.

– Qu'est-ce que c'est?

– Mrs. Epples. Je peux entrer?

Le médecin alla ouvrir à l'infirmière, qui coula un regard dans le bureau et murmura :

– Je voudrais vous parler en privé, docteur.

Croker sortit dans le couloir, ferma la porte derrière lui. Resté seul, Tincrowdor regarda la bouteille de whisky et décida de ne pas se verser un autre verre. Une minute plus tard, le docteur réintégrait son bureau.

– Eyre est mort! annonça-t-il, livide.

Comme le romancier ouvrait la bouche pour parler, son ami poursuivit :

– Je sais ce que tu penses mais ce n'est pas vrai. Sa mort est naturelle – ou, du moins, j'y suis totalement étranger.

IV

PAUL EYRE se réveilla nu sur une surface dure et froide. Au-dessus de lui, il y avait un scalpel, et plus loin, un visage à demi caché par un masque de gaze. Une lumière aveuglante brillait au-dessus de la tête de l'homme qui, les yeux écarquillés, lâcha soudain le scalpel en bredouillant :

– Non! Non!

Paul roula de la table de pierre, tomba sur le sol et, malgré sa faiblesse, rampa vers la porte. Un objet dur heurta le marbre d'une dalle avec un tintement métallique, suivi du bruit sourd d'un corps lourd s'effondrant par terre.

A un mètre de la porte, Eyre s'arrêta, pantelant, à bout de forces mais confusément conscient que le danger immédiat était écarté. Dehors, pas très loin, de l'autre côté de la porte, il y avait d'autres dangers, d'autres hommes qui descendaient ou remontaient le couloir, absorbés par leurs préoccupations. D'eux entre eux au moins songeaient à lui.

Leurs pensées, qui ne prenaient la forme ni de mots ni d'images, franchissaient la porte comme des brises légères susurrées par deux lointains océans. Elles clapotaient autour de lui comme les dernières vagues de la mer viennent vous lécher les pieds sur la plage.

En se redressant à demi, il capta parmi les faibles murmures un nouvel élément qui lui permit d'identifier le sexe des « émetteurs ». Il agrippa le bord de la table de pierre, se mit debout, la contourna en s'y appuyant puis se pencha pour examiner l'homme gisant sur le sol. Il avait les yeux ouverts et vitreux, la peau bleuâtre, son pouls ne battait plus. Il avait sans doute eu une attaque au moment où il s'apprêtait à tuer Eyre. Mais pourquoi voulait-il le tuer et le disséquer?

Paul parcourut la pièce sans y découvrir de quoi se vêtir. Les habits de l'homme mort ne lui iraient pas mais, au besoin, il les mettrait. Il ne pouvait pas rester nu. Il lui fallait trouver un téléphone, appeler la police, mais s'il sortait dans le couloir, on le verrait aussitôt, et il y avait probablement d'autres hommes qui voulaient le tuer. Le mort avait sans doute des complices. A moins que...

Eyre se sentait faible, il avait l'esprit embrouillé par la faim autant que par le manque de données. En outre, être nu lui faisait éprouver un sentiment de culpabilité, comme s'il avait commis un crime justifiant la tentative du mort de le tuer. Il fallait avant toute chose trouver des vêtements.

Il approcha lentement de la porte, l'ouvrit. Le couloir était désert à l'exception d'un vieillard portant des pantoufles, un pantalon, une chemise et un peignoir de bain élimé. L'homme, qui se traînait vers lui, avait à peu près la même taille que Paul. Le cœur battant, Eyre attendit que le vieillard passe devant lui, le saisit par la manche et le tira à l'intérieur. Bien qu'il n'aimât guère se montrer violent à l'encontre de l'inconnu, il éprouvait en même temps de la colère contre lui. Une image de son propre père, sénile et bavant, passa dans son esprit. Je hais les vieux, se dit-il. Je les hais parce qu'ils préfigurent ce qui m'attend.

Cette haine était en un sens une bonne chose car elle lui donna la force nécessaire. Heureusement, le vieillard, paralysé de frayeur, n'offrit aucune résistance. S'il s'était débattu, Eyre aurait eu du mal à en venir à bout tant il était faible.

Le vieux gémit avant que Paul ne plaque une main sur sa bouche édentée; la porte se referma avec un claquement. Le vieillard tourna de l'œil, son corps devint flasque. Eyre l'allongea sur le sol et se mit à le déshabiller. Au moins, l'homme ne puait pas par manque d'hygiène mais il avait manifestement des problèmes de prostate et Eyre ne put se résoudre à enfiler le caleçon taché.

Quand il eut fini de s'habiller, Paul baissa les yeux vers le vieillard, toujours inconscient, mais qui respirait encore. Que ferait-il en se réveillant? il ameuterait tout le monde et la chasse serait lancée. Et lorsque Paul aurait prévenu la police, que se passerait-il? Le vieux l'accuserait-il de l'avoir assommé et de lui avoir volé ses habits? Les policiers comprendraient certainement que Paul n'avait pu faire autrement.

D'ailleurs, ce n'était pas le moment de songer aux conséquences de ses actes. Il fallait d'abord sortir de cet endroit et s'éloigner.

Il glissa le scalpel dans une des poches du peignoir, franchit la porte. En descendant le couloir, il s'aperçut qu'il ne portait pas ses lunettes. En fait, il ne les avait pas non plus lorsqu'il avait repris conscience sur la table et pourtant sa vision était parfaitement claire.

Cela l'effraya un moment mais il se sentit rassuré avant de parvenir au bout du couloir. Ce qui se passait en lui n'était pas entièrement négatif.

Avant de tourner le coin, il songea à inspecter les lieux puis se dit qu'il valait mieux se conduire normalement et continua à avancer d'un pas traînant. A peine avait-il pris un autre couloir sur la droite qu'il se rendit compte qu'il aurait dû tourner à gauche. Il y avait devant lui un bureau où était assise une infirmière et, derrière, un autre couloir perpendiculaire à celui dans lequel il se trouvait. Paul reconnut l'homme qui était en train d'y passer. Ce profil simiesque, il l'avait vu quand Mrs. Epples était entrée pour la dernière fois dans la pièce où on le retenait prisonnier.

Eyre résista à la tentation de faire demi-tour car un changement de direction aurait pu attirer l'attention. L'infirmier passa, disparut; Paul s'arrêta, fouilla dans ses poches comme s'il avait oublié quelque chose dans sa chambre et commença à rebrousser chemin. L'infirmière leva la tête, le découvrit.

– Je peux faire quelque chose pour vous? demanda-t-elle sèchement.

– Non, rien. J'ai oublié mes cigarettes.

Elle se leva en disant :

– Je ne vous connais pas. Vous êtes sûr de ne pas vous être trompé d'étage?

– Je suis entré seulement hier soir, expliqua Eyre en s'éloignant.

Au bout du couloir, il y avait deux portes-fenêtres donnant sur un balcon et à travers lesquelles on voyait une cour brillamment éclairée. Il se trouvait au premier étage.

– Un moment! appela la femme. Je ne vois aucun nom nouveau sur ma liste!

– Regardez mieux! cria Paul en se hâtant vers les portes.

Il en secoua la poignée mais elles étaient fermées et il n'avait pas la force de les enfoncer d'un coup d'épaule. Il tourna à gauche sans écouter l'infirmière qui lui ordonnait de revenir. Dès qu'il fut hors de vue, il ôta ses pantoufles et se mit à courir vers la porte située au bout du couloir. Fermée. Il fit demi-tour, essaya une autre porte, la trouva ouverte et pénétra dans une chambre. Le lit était inoccupé; dans la salle de bains, on venait de tirer la chasse d'eau. Derrière une table encombrée de crèmes et de fards, il y avait une fenêtre munie de barreaux.

Par-dessus le bruit de l'eau aspergeant la cuvette, Eyre entendit des voix dans le couloir et reconnut celle de Mrs. Epples.

– Si vous le repérez, ne vous approchez surtout pas de lui!

– Pourquoi?

– Parce qu'il...

La voix faiblit et mourut : ses poursuivants

avaient probablement tourné à gauche. Paul ouvrit la porte, regarda dans le couloir et vit Mrs. Epples s'éloigner en compagnie d'une infirmière. De l'autre côté, l'homme à tête de singe descendait le couloir en ouvrant systématiquement toutes les portes.

Le bruit d'eau cessa, la femme ne tarderait pas à sortir de la salle de bains. Eyre attendit que l'infirmier s'apprête à ouvrir une autre porte, jaillit de la chambre et tourna le coin. Personne en vue. Il se félicitait de sa manœuvre quand Mrs. Epples sortit d'une chambre située quelques mètres plus loin. Paul se figea, l'infirmière se mit à crier. Avant même qu'il ait pu réagir, elle se réfugia dans la chambre et claqua la porte. Derrière lui, Eyre entendit une exclamation, un bruit de pas précipités.

Il se mit à courir. Regardant par-dessus son épaule, il vit la créature simiesque plantée au coin du couloir : manifestement, l'homme avait renoncé à le poursuivre.

Une porte s'ouvrit devant Eyre, un jeune homme maigre aux cheveux ébouriffés qui s'apprêtait à sortir de sa chambre recula vers son lit, l'air effrayé, en voyant le fugitif. Sans dire un mot, Eyre entra dans la pièce, ouvrit le placard, y prit une paire de pantoufles et une veste. Dans le tiroir du bureau, il trouva un portefeuille, en tira un billet de dix dollars, un de cinq, quatre de un et de la monnaie.

– Je vous rembourserai plus tard, promit-il au jeune homme qui tremblait et claquait des dents.

Eyre sortit de la chambre au moment précis où

Mrs. Epples et l'infirmier simiesque tournaient le coin du couloir. Ils s'immobilisèrent, le regardèrent et s'enfuirent.

Ils avaient peur de lui, c'était patent, mais ils devaient être partis chercher du renfort. Si les autres ont autant la trouille que ces deux-là, ils ne sont pas près de m'arrêter, se dit Paul. A moins qu'ils ne me canardent de loin.

Deux minutes plus tard, il sortait de l'Adler Sanitarium et il ne restait plus qu'un garde d'une soixantaine d'années pour s'interposer entre la liberté et lui.

– Ne tirez pas! cria Mrs. Epples du perron. Laissez-le passer, la police s'occupera de lui!

L'homme s'écarta. Ils vont prévenir la police? se demanda Paul, interloqué. C'était *lui* qu'ils avaient retenu prisonnier et essayé de tuer. Avaient-il une raison valable de le garder en captivité? Était-il porteur d'une maladie effroyable? Avait-il été contaminé par la substance jaune? Cette pensée le glaça. S'il était contagieux, pourquoi ne lui avait-on rien dit? Il se serait montré coopératif.

Il y avait sur le parking une trentaine de voitures dont plusieurs n'étaient pas fermées à clef mais sur aucune on n'avait laissé la clef de contact. Estimant qu'il n'avait pas le temps d'en faire démarrer une en bricolant l'allumage, il marcha en direction de la route. Dès qu'il se jugea hors de vue, il tourna à droite, pénétra dans les bois. L'Illinois était distant de deux kilomètres, il lui suffisait de l'atteindre puis de remonter la rive sur huit cents mètres pour trouver un refuge.

V

Le cottage appartenait à un ami qui avait invité plusieurs fois les Eyre à venir faire du bateau et du ski nautique le samedi après-midi. Le soir, après un repas plantureux, ils dormaient dans les deux chambres d'amis, se levaient le lendemain vers dix heures pour aller à la messe et passaient à nouveau l'après-midi sur l'eau. En contrepartie, Paul réparait les moteurs de Gardner ou l'aidait à repeindre ses bateaux.

La maison était fermée pour la saison froide mais Eyre savait y trouver des conserves et des couvertures. Il s'y cacherait un moment et essayerait de découvrir ce qui lui arrivait.

Situé à vingt mètres de la rivière, le cottage était isolé des maisons voisines par d'épais rideaux d'arbres. Eyre s'accroupit dans les broussailles, derrière un gros arbre, et attendit. Deux heures plus tard, des phares trouèrent la nuit et éclairèrent l'étroite route de terre battue menant au cottage. Tremblant, Paul se plaqua contre le sol froid. Quand le faisceau lumineux l'eut dépassé, il releva la tête et vit, dans la clarté de la lune, deux voitures arrêtées devant la maison. Des hommes portant l'uniforme de la police du comté en descendirent avec des torches électriques et inspectèrent les lieux. Deux d'entre eux pénétrèrent dans le cottage, où leurs lampes firent danser des ombres. Au bout de dix minutes, ils en ressortirent et l'un d'eux déclara :

– L'a pas l'air d'être passé.

– Ouais, mais il pourrait venir plus tard.

Le chauffeur d'une des voitures utilisa sa radio puis lança à ses collègues :

– Le shérif dit de surveiller le croisement pendant une heure.

Les véhicules repartirent mais Eyre ne bougea pas. Une demi-heure plus tard, une voiture de ronde s'avança lentement dans l'allée, tous feux éteints. Elle s'arrêta, deux hommes en descendirent silencieusement, vérifièrent si les portes étaient fermées, braquèrent leurs lampes sur les fenêtres. Quelques minutes plus tard, ils remontèrent en voiture et démarrèrent.

Eyre attendit trois heures du matin pour entrer dans la maison à l'aide d'une clef cachée au creux d'une souche, près de la pile de bois. Celui ou celle qui avait parlé du cottage à la police – Paul soupçonnait Mavice – avait oublié l'existence de la clef. Grâce au clair de lune et à sa connaissance des lieux, il trouva sans trop de difficultés une bouteille d'eau, une boîte de lait en poudre, des conserves de fruits et de viande. L'eau et le gaz étant coupés, il ne pouvait faire la cuisine et il lui fallait aller dehors pour se soulager.

A trois heures et demie, il s'allongea sur un matelas sans draps, sous une pile de couverture, s'endormit aussitôt et rêva de soucoupes volantes, de briques jaunes et d'une grande cité verte s'étendant au bout d'un champ rouge. Il avait le mal du pays, se languissait de la ville verte et lorsqu'il s'éveilla, les larmes, sur ses joues, n'avaient pas complètement séché.

VI

UNE demi-heure après l'aube, Eyre retourna se cacher dans les broussailles avec deux couvertures, deux boîtes de conserve ouvertes, une boîte remplie d'eau et un sac contenant des détritus. Il s'endormit à nouveau et s'éveilla deux heures plus tard en entendant des bruits provenant de la maison. Une voiture de police était garée devant le cottage. Eyre se félicita d'avoir remis la clef en place car un des policiers regardait au creux de la souche. Qui avait trahi? Mavice ou un des enfants? Gardner avait certainement confié une clef à la police mais c'était quelqu'un de la famille Eyre qui avait mentionné le cottage, sinon les policiers n'auraient jamais entendu parler de Gardner.

Un policier sortit de la maison en annonçant :

– On n'a touché à rien.

Par bonheur, il n'avait pas compté les couvertures.

Un moment plus tard, Paul entendit un bruit de voiture, reconnut à l'oreille un moteur de

Porsche et ne fut donc pas trop surpris de voir arriver Tincrowdor. Que venait-il faire?

Le romancier se gara, descendit, parla aux policiers mais trop doucement pour que Paul puisse entendre la conversation. A plusieurs reprises, Leo regarda vers les arbres et fixa même un instant l'endroit où se trouvait Eyre, qu'il ne pouvait naturellement pas voir. Paul espérait que l'écrivain ne suggérait pas à la police de fouiller les bois.

Les policiers remontèrent dans leur voiture, Tincrowdor se dirigea vers la sienne et, lorsqu'il passa devant la souche, y laissa tomber quelque chose.

Eyre attendit une demi-heure avant d'aller voir. Sous la clef qui se balançait à un clou planté dans le bois, il trouva un vieux portefeuille racorni, l'ouvrit et y découvrit une lettre.

Paul

Je t'écris en partant de l'hypothèse que tu viendras ici et que tu trouveras cette lettre. La police n'est pas au fait de ma démarche mais si jamais elle mettait la main sur ce mot, elle ne pourrait rien contre moi : j'essaie simplement de te persuader de te rendre. Je t'en prie, ne déchire pas ma lettre maintenant, continue à la lire, c'est d'une importance vitale – et quand je dis vital, *je n'exagère pas. Il est vital, non seulement pour toi mais peut-être aussi pour le monde, que tu sois examiné au plus tôt par des hommes de science.*

Roger et moi avons découvert que tu nous avais menti en prétendant avoir fait un rêve.

Nous savons que ton histoire est réelle et que tu as sans doute craint de passer pour fou si tu la présentais comme telle. Croker a de son côté établi que ton corps était infecté par des organismes totalement inconnus. Il est mort, le pauvre.

Ces organismes ont provoqué en toi des changements physiques et mentaux. Les traces d'acné grêlant le visage de Mrs. Epples ont disparu après qu'elle a été en contact avec toi à l'hôpital. Un infirmier nommé Backers a eu une crise cardiaque suite au mauvais traitement qu'il t'avait fait subir.

Il est évident que tu possèdes des pouvoirs que personne d'autre n'a jamais eus, excepté dans les romans de science-fiction. Peut-être certains êtres ont-ils eu des pouvoirs comparables par le passé : Jésus, Faust et quelques autres, ainsi que ceux que l'on appelle sorciers chez les peuples dits primitifs.

Je ne te conseille pas d'essayer de marcher sur les eaux de l'Illinois mais il n'en est pas moins vrai que tu peux tuer *et que tu peux* guérir. *Je ne dis pas consciemment – du moins pas encore. Quand ton inconscient se sent menacé, il réagit violemment. Comment? je l'ignore. Par des moyens mentaux, je présume. Pour l'instant, là n'est pas l'essentiel.*

Tu as le pouvoir de faire le bien ou le mal. Tu as terrassé Croker dans un moment de panique, je suppose, mais il n'essayait pas de te tuer, il te croyait mort. Comme tu étais retenu prisonnier dans une chambre, ton inconscient a opté pour le seul moyen de t'en faire sortir. Pour Croker, tu étais mort. Mais tu as émergé de cette fausse mort quand il s'apprêtait à te disséquer et il a payé pour avoir voulu garder ton état *secret.*

Ayant par bonheur l'estomac délicat, je n'étais pas présent pour la dissection et j'ai ainsi échappé à la mort. Le vieillard à qui tu as emprunté ses habits a eu une légère attaque : apparemment, tu ne le considérais pas comme très dangereux. Il est quand même décédé quelques heures plus tard, son vieux cœur n'a pas supporté le choc.

Paul, je te conjure de te livrer et de te faire volontairement placer en quarantaine, au moins pendant un certain temps. Tu ne seras inculpé ni de meurtre ni d'homicide parce que tu n'es pas responsable de ces deux morts. Mais si tu t'obstines à fuir, à te cacher, tu tueras d'autres personnes et tu finiras par te faire tuer à ton tour.

Pour le moment, les preuves de la véracité de ton histoire sont peu nombreuses. Croker a soigneusement dissimulé les frottis de ton sang ainsi que les rapports qu'il a rédigés. Nous ne parvenons pas à mettre la main dessus. Cependant Epples et Backers ont assisté à l'expérience du rat : bien qu'étant inconscient, tu as tué un rat qu'on avait lâché dans ta chambre et qui allait te mordre. Il n'aurait d'ailleurs pas pu, on lui avait arraché les dents. Tu l'as tué sans bouger d'un pouce.

Si tu te constitues prisonnier, les scientifiques pourront procéder à des analyses et seront bien forcés de croire à ce qu'ils verront. Il leur faudra bien conclure qu'un extraterrestre de quelque nature, mécanique ou biologique, s'est posé sur la Terre. Cette conclusion, ils devront la garder secrète tandis qu'on recherchera discrètement la créature venue de l'espace. Si la nouvelle s'ébruitait, ce serait une panique épouvantable.

Je ne veux rien te cacher, Paul : si le monde apprenait que tu constitues une source possible d'infection, tu courrais un très grave danger. Voilà pourquoi tu dois rester dans un endroit soigneusement gardé. La nouvelle pourrait se répandre pendant ta fuite et tu aurais alors le monde entier contre toi.

Pourquoi ai-je pris le risque d'écrire cette lettre, que la police pourrait découvrir, et de provoquer ainsi la panique que je viens d'évoquer? Parce que la situation l'exigeait. Tu es la personne au monde la plus importante, Paul. La plus importante.

Tu dois te rendre et attendre la suite des événements. Tu connais mon numéro de téléphone. Appelle-moi, je prendrai des dispositions pour te rencontrer et te conduire en lieu sûr.

LEO

VII

PAUL EYRE était assis dans la voiture de sa fille Glenda garée sur le parking du collège de Busiris. Après s'être efforcé pendant trois heures de mettre de l'ordre dans ses pensées et ses réactions, il s'était à demi convaincu qu'il était bien le danger dont parlait Tincrowdor. Pourtant il n'avait pas l'intention de se livrer, du moins pas encore. Bien qu'il n'eût guère d'imagination, la lettre de Leo lui avait laissé entrevoir ce qui risquait de lui arriver. Il pouvait passer le reste de sa vie dans une chambre d'hôpital ou se faire tuer par un fanatique voulant débarrasser le monde de la menace qu'il représentait. Tous les gardes, toutes les précautions imaginables ne suffiraient jamais à le mettre à l'abri d'hommes résolus.

Cependant, il voulait faire son devoir et cela impliquait qu'il se sacrifie pour le bien de l'humanité. Il était peut-être une bombe ambulante mille fois plus mortelle qu'une douzaine de bombes H.

Ce n'était toutefois pas l'impression qu'il

avait. Il se sentait seul et impuissant, il avait terriblement peur. Il se voyait dans la peau d'un lépreux, il s'apitoyait sur son sort. Pourquoi fallait-il que ce soit *lui*? qu'avait-il fait pour mériter ce qui lui arrivait? Il n'était pas mauvais; il avait ses défauts (quoique, sur le moment, il ne s'en rappelât aucun) mais ils n'étaient pas assez graves pour justifier un tel châtiment. Tout ce qu'il avait demandé, c'était de continuer à travailler chez Trackless et dans sa propre petite affaire, de boire une bière de temps en temps, d'aller à la chasse et à la pêche, de prendre sa retraite un jour et d'inventer un gadget qui le rendrait riche et célèbre.

C'était tout ce qu'il voulait.

A présent, pensait-il, je sais ce qu'éprouvaient les daims et les lapins quand je les chassais. Il ne regrettait cependant pas de leur avoir tiré dessus : c'étaient des bêtes que Dieu avaient créées pour le plaisir des hommes. Il n'avait pas une once de cette sensiblerie qui conduit certains à s'émouvoir de la mort d'un inoffensif cerf aux doux yeux alors que l'abattage de veaux et de moutons tout aussi inoffensifs les laissent totalement froids. Il ne les voyait pas se contenter de noix, de carottes et de pommes par amour des animaux.

Pourtant, en traversant les bois puis la ville pour se rendre au parking du collège, il avait senti en lui la terreur que doit éprouver un daim pourchassé.

Agglomération de cent cinquante mille habitants, Busiris s'étirait sur une dizaine de kilomètres de part et d'autre de l'Illinois et couvrait en largeur trois collines sur une distance de huit kilomètres. Après les bois et les champs, Eyre avait traversé la petite zone industrielle située au nord de la ville, escaladé une des collines et rejoint les faubourgs. Plus il se rapprochait du collège, plus il risquait d'être reconnu mais il s'était rasé la moustache au cottage et il ne portait pas ses lunettes.

Avec un tournevis pris chez Gardner, il avait baissé la vitre avant gauche de la voiture de Glenda, avait glissé le bras à l'intérieur et ouvert la portière. Quelques minutes plus tard, il avait réussi à mettre le moteur en marche en trafiquant l'allumage. S'il se faisait repérer par une voiture de police, il aurait toujours la ressource d'essayer de s'enfuir avec l'Impala de sa fille.

A trois heures trente, le grand bâtiment libéra un flot d'étudiants mais plus des deux tiers des véhicules avaient quitté le parking quand Glenda apparut. Elle avait un visage d'une grande beauté malgré sa maigreur et de longs cheveux noirs. Sa silhouette faisait pitié. Elle aurait été plutôt grande si son dos n'avait eu la forme d'un point d'interrogation. L'une de ses jambes minces comme des échasses était plus courte que l'autre et lui donnait une démarche évoquant un serpent malade.

Glenda était un reproche vivant pour son père, qui ne l'avait pourtant compris que récemment. Paul avait été déçu à la naissance de Glenda parce qu'il aurait voulu un deuxième fils. Les filles ne servent à rien, elles demandent des soins particuliers, deviennent un problème à la puberté et ne participent nullement au budget familial – si ce n'est en aidant leur mère quand elles sont en âge de le faire. Paul Eyre décida que sa fille ressemblerait le plus possible à un garçon : il lui apprit à réparer les moteurs de voiture et de bateau, à bricoler, à chasser et à pêcher. Au moins, pensait-il, quand elle se mariera, elle ne sera pas un boulet comme Mavice. La femme de Paul s'était refusée à apprendre à l'aider dans son affaire et lorsqu'elle l'accompagnait de mauvaise grâce dans ses randonnées, elle se plaignait à chaque instant : elle n'avait pas son confort, la nourriture était mauvaise, elle s'ennuyait.

Glenda avait dix ans quand Paul l'emmena dans le Wisconsin avec Roger pour une partie de pêche. Comme elle ne se sentait pas bien depuis plusieurs jours, elle avait fait des difficultés pour venir et sa mère l'avait soutenue mais Paul avait tempêté jusqu'à ce qu'elles cèdent. Quand ils furent sur le bord du petit lac, Glenda était trop souffrante pour quitter la tente. Persuadé qu'elle jouait la comédie, Paul s'était mis en colère et ne s'était quasiment pas occupé d'elle. Le lendemain, la petite fille avait une forte température et délirait. Comprenant enfin la gravité de son état, son père l'avait portée dans la voiture et avait roulé toute la nuit pour rentrer à Busiris.

Glenda avait failli mourir de poliomyélite, elle resterait infirme à vie.

Elle n'avait jamais reproché à son père de l'avoir forcée à venir avec lui mais la mère avait plus que compensé le silence de la fille. Combien de fois Mavice ne lui avait-elle pas jeté cette histoire à la figure quand ils se disputaient?

A présent, il sentait son cœur sombrer en voyant Glenda boitiller sur le parking. Il comprenait maintenant pourquoi sa seule présence le mettait en rage, pourquoi il avait été aussi impatient qu'elle aille au collège. Au plus profond de lui-même, il savait que c'était à cause de son égoïsme, de sa stupidité, qu'elle était devenue une infirme. Il avait jusqu'ici refusé d'admettre consciemment cette culpabilité, qui ne l'en avait pas moins tourmenté.

Il comprit aussi pour la première fois que Mavice était elle aussi à blâmer. Pourquoi ne s'était-elle pas opposée plus fermement à lui? Elle aurait dû le laisser ronchonner et refuser catégoriquement qu'il emmène dans une pareille expédition une enfant manifestement malade.

Tous deux étaient coupables; tous deux avaient refusé de reconnaître leur faute. La seule différence, à présent, c'était que Mavice était encore aveugle et que quelque chose avait soudainement et douloureusement ouvert les yeux de Paul.

Ce quelque chose, il savait ce que c'était : les étranges organismes infiltrés dans son corps l'avaient transformé.

VIII

En découvrant son père sur le siège du chauffeur, Glenda s'arrêta, son visage déjà pâle devint livide. Puis elle fit le tour de la voiture et s'installa à côté de Paul.

– Que fais-tu ici, papa? demanda-t-elle, les joues ruisselantes de larmes.

Eyre s'abstint de lui répondre qu'il avait d'abord songé à aller voir Roger mais que l'université de Busiris était trop loin et trop surveillée pour qu'il prenne ce risque. Quand il lui raconta tout ce qui lui était arrivé et lui résuma la lettre de Tincrowdor, Glenda parut stupéfaite.

– Je ne peux pas appeler Leo, la police a peut-être mis son téléphone sur table d'écoute, conclut-il. Va chez lui, demande-lui de se rendre à la cabine téléphonique située près de la bibliothèque municipale. Je l'appellerai d'une autre cabine.

– Je n'arrive pas à y croire! dit Glenda. C'est tellement fantastique!

– Je ne suis pas fou, Leo te le confirmera. Le

monde avait déjà plus de problèmes qu'il ne pouvait en résoudre, il en a à présent deux de plus auprès desquels les autres semblent tout simples. Premièrement l'être-soucoupe, deuxièmement moi. Je peux me livrer pour donner à l'humanité une chance de résoudre le problème que je lui pose mais comment empêcher la soucoupe de contaminer d'autres hommes? Rien ni personne n'en est capable – excepté moi.

– Que veux-tu dire?

Glenda se pencha vers son père, posa une main sur son bras mais il le retira aussitôt de crainte d'être contagieux.

– Il y a en moi quelque chose de la soucoupe. J'ai changé, je change encore, je deviens en partie un être-soucoupe. Sinon, comment expliquer la nostalgie que m'inspire cette cité verte que je vois en rêve? Tu as devant toi un homme qui est encore et qui n'est plus ton père. Un être à demi humain. Ou peut-être n'étais-je qu'à demi humain auparavant et le suis-je maintenant davantage, je ne sais pas. Comme on dit, à voleur voleur et demi : je suis le seul qui puisse attraper la soucoupe parce que je suis en partie soucoupe. L'être-soucoupe lui-même m'évite, j'ignore pourquoi. Il y a tant de choses que j'ignore. En tout cas, je suis convaincu d'être le seul en mesure de le capturer. C'est la raison pour laquelle je ne me livrerai pas. Pour échapper à la police, j'ai besoin d'aide, c'est pourquoi je veux parler à Tincrowdor. Peut-être acceptera-t-il de venir à mon secours.

– Papa, dit soudain Glenda d'une voix étranglée, je suis malade!

Elle se blottit contre lui et, malgré le tissu de sa chemise, il sentit sur sa poitrine la chaleur de son visage. Il la releva, la fit asseoir aussi droite que possible sur le siège. Glenda laissa retomber sa tête en avant; la bouche ouverte, elle respirait bruyamment, comme si elle avait eu un vieux moulin à vent dans la gorge.

– Je ne suis pas en colère contre toi, Glenda! s'écria Paul. Mon Dieu, je t'aime!

IX

PAUL n'avait pas écouté sa fille malade quand elle avait dix ans, il avait commis une faute impardonnable. Cette fois, s'il l'abandonnait, il aurait une excuse : il ne pouvait pas courir le risque de se faire prendre par la police. Le bon sens lui dictait de quitter Glenda, de téléphoner à l'hôpital et de s'enfuir. On s'occuperait de sa fille et lui serait en lieu sûr.

Après une minute de réflexion, il sortit du parking et prit la direction de l'hôpital méthodiste. Glenda avait sans doute besoin d'être soignée d'urgence, cette fois il ne perdrait pas même une seconde.

Eyre conduisit aussi vite qu'il put, grillant deux feux rouges et trois stops. Quatre minutes plus tard, il arrêta sa voiture devant l'entrée des urgences, se précipita à l'intérieur, prévint l'infirmière de service aux admissions et courut vers la cabine téléphonique située à l'autre bout du hall. Il composa le numéro de son domicile, raccrocha après avoir laissé sonner une vingtaine de fois. Il essaya ensuite chez Tincrowdor, Morna répondit.

Il lui demanda de ne pas l'interrompre pendant qu'il lui expliquait la situation et conclut :

– Dis à Mavice et Roger de venir ici s'occuper de Glenda. Et préviens Leo que je me mettrai en contact avec lui. Salut!

Comme il prenait un couloir menant à un autre service, l'infirmière l'appela mais il ne se retourna pas. Une minute plus tard, il sortit par la porte principale et passa devant le policier qui y était posté, monta à grands pas la rue en pente longeant l'hôpital, tourna dans une rue adjacente menant à la Grand-Rue et y prit l'autobus. Il en descendit à quelques centaines de mètres de chez lui, au coin des rues Sheridan et Lux, appela l'hôpital et demanda Mavice Eyre, la mère de la jeune fille qui venait d'être admise aux urgences. Dès qu'il entendit la voix de sa femme, il raccrocha et se dirigea vers sa maison en espérant que Roger ne s'y trouverait pas.

En chemin il ne rencontra personne de connaissance mais, lorsqu'il emprunta l'allée menant à son garage, les vieilles dames qui prenaient le soleil sur le porche latéral le regardèrent avec curiosité. Pourtant aucune ne le salua de la main et il se dit que son accoutrement étrange, son absence de moustache et de lunettes les avaient abusées.

Il trouva une clef sous une cuvette placée près de la porte de derrière et ressortit de la maison un quart d'heure plus tard, vêtu de ses propres habits, muni d'une cinquantaine de dollars, d'un fusil et de trente cartouches. Il monta dans la voiture de Roger, dont le moteur était encore chaud : apparemment, son fils était rentré juste à temps pour conduire Mavice à l'hôpital avec sa voiture à elle.

Paul Eyre ne savait trop où aller. Il envisageait simplement de quitter la ville, d'abandonner la voiture, de gagner à pied un des cottages des bords de l'Illinois désertés en cette saison et d'y demeurer à attendre aussi longtemps qu'on ne viendrait pas l'y chercher.

L'endroit où il se trouvait n'avait pas d'importance, tôt ou tard l'être-soucoupe se montrerait, sous sa forme de soucoupe ou sous celle du sphinx. Alors Paul le détruirait ou se ferait tuer.

Il parvenait au bout de sa rue quand une voiture de police se mit en travers de la chaussée pour lui barrer la route. Il écrasa le frein, fit marche arrière dans une allée et repartit dans l'autre direction dans un hurlement de pneus. Dans son rétroviseur, il vit la voiture de police faire marche arrière à son tour pour se lancer à sa poursuite.

Soudain, une autre voiture de ronde blanche et noire jaillit devant lui. Eyre mit au point mort, ouvrit la portière et sauta de son véhicule alors qu'il roulait encore. Il courut vers la maison de retraite, le sanctuaire des vieux citoyens, le cimetière des éléphants. Les vieilles dames assises sur le porche se mirent à hurler. L'une d'elles se trouvant sur son passage, il la renversa d'un geste rageur. Il entendit des voix masculines crier derrière lui et, au moment où il pénétrait dans un grand réfectoire, un coup de feu claqua. Un coup de sommation tiré en l'air – du moins il l'espérait.

Il passa de la grande salle dans une autre plus petite, traversa les cuisines, sortit par la porte de derrière et sauta par-dessus une barrière avec une agilité qu'il ne se connaissait pas.

Paul avait oublié le féroce chien policier de ses voisins les Hunter. Bien qu'enchaîné, l'animal avait assez de champ pour l'atteindre. Il bondit vers Paul et retomba lourdement sur le sol, la langue pendante, les yeux vitreux.

Eyre s'arrêta, fit demi-tour et retourna vers la maison de retraite, les bras levés. S'il continuait à fuir, il tuerait la moitié de l'humanité. Il allait se rendre, maintenant, et si les policiers l'abattaient parce qu'ils avaient peur de le laisser en vie, tant mieux. Cela résoudrait pas mal de problèmes.

Naturellement, les policiers ne tirèrent pas. On ne leur avait pas dit à quel point Eyre était dangereux et ils ne savaient pas encore qu'il avait dans sa fuite laissé trois vieilles femmes mortes derrière lui. D'ailleurs, s'ils l'avaient su, ils auraient probablement pensé que seul le choc avait été trop rude pour leurs cœurs fatigués.

C'est précisément ce que les rares personnes connaissant la vérité firent croire à la police et à l'opinion. Eyre ne fit l'objet d'aucune inculpation mais fut examiné par des psychiatres qui le déclarèrent irresponsable.

Paul ne contesta pas cette décision, pas plus qu'il ne raconta à ses gardiens l'incident qui survint trois jours après son internement. Il faisait nuit lorsqu'il s'était éveillé et avait regardé par la fenêtre. La forme d'une soucoupe se dessinait dans l'encadrement. Elle était demeurée sur place quelques secondes puis avait disparu. Eyre avait pensé que l'engin – la créature – veillait sur lui parce qu'il était, ou que quelque chose en lui était, son seul rejeton vivant.

X

SIX mois s'écoulèrent sans que Paul Eyre vît un être humain en chair et en os. De temps à autre, il se réveillait en sachant qu'on l'avait endormi au gaz pour procéder à des prélèvements de tissus sur sa personne. Un jour il trouva sur sa table des radios et le docteur Polar, dont l'image apparut sur l'écran de télévision, lui fournit des explications. Il s'agissait de radiographies de son cerveau et la flèche dessinée sur l'une d'elle indiquait un point minuscule de son cervelet que l'on avait détecté par traçage radioactif. C'était peut-être une tumeur; cependant le docteur Polar ne le pensait pas car sa forme ressemblait trop à celle d'une brique. Le médecin aurait voulu en faire l'ablation mais il craignait que le chirurgien chargé de l'opération ne tombe mort avant que son bistouri ait touché le corps de Paul.

« Apparemment, *il* ne voit pas d'objection à ce que nous procédions à des prélèvements ou à certaines autres expériences, expliqua Polar. Cela ne constitue pas une menace pour vous. Ou pour lui, devrais-je dire. »

Lorsque Eyre s'enquit de la nature du point, le docteur lui répondit que ni lui ni ses collègues n'avaient avancé ne fût-ce qu'une hypothèse. Paul demanda ensuite s'ils avaient l'intention de le tuer pour pouvoir le disséquer et Polar ne répondit pas.

Il demanda aussi à plusieurs reprises des nouvelles de sa fille et chaque fois on lui assura qu'elle allait bien. C'était tout ce qu'on consentait à lui dire.

Le premier jour de son septième mois d'internement, il arpentait sa chambre de long en large quand la porte s'ouvrit. Glenda entra, la porte se referma aussitôt.

Paul fut tellement stupéfait de découvrir ce qu'elle était devenue qu'il dut s'asseoir. Elle se tenait droite, ses seins ne ressemblaient plus à des œufs sur le plat, ses jambes étaient galbées et de même longueur. Elle lui sourit puis éclata en sanglots et se précipita vers lui. Paul se mit également à pleurer, bien que, à une époque, il eût jugé les larmes indignes d'un homme.

– J'ai failli mourir, dit-elle en se reculant. Mes os étaient devenus mous, les médecins n'avaient jamais rien vu de pareil. Le calcium était à moitié dissous dans mes os qui devinrent d'abord comme du caoutchouc puis comme de la gelée ferme. On me maintenait dans une sorte de lit-baignoire où je flottais dans l'eau tandis qu'on plaçait autour de moi des armatures, des moules afin de me redresser. Au bout de quelques semaines, les os commencèrent à durcir et il leur fallut deux mois pour reprendre leur consistance normale. C'était terriblement long et effrayant! Mais regarde-moi maintenant!

Eyre se laissa un long moment aller à son bonheur mais, quand Glenda lui apprit que les médecins n'envisageaient pas de le libérer, il se mit en colère.

– Pourquoi? Je puis faire bien plus que quiconque n'en a jamais fait!

– Ils ne peuvent pas te libérer, papa. Tu tuerais quelqu'un à chaque fois que tu te fâcherais. De plus...

– Eh bien, parle!

Paul regretta aussitôt la sécheresse de son ton. Il espérait qu'il ne se mettrait pas en colère contre Glenda. Peut-être devrait-il lui demander de s'en aller tout de suite.

– Nous sommes tous en prison, ici! s'écria-t-elle en éclatant de nouveau en sanglots.

Elle lui apprit que les autorités, quelles qu'elles fussent, avaient fait interner non seulement toute la famille mais aussi les Tincrowdor, Mrs. Epples et Bakers. Ils étaient tous bien traités, on accédait à leur moindre désir – sauf celui de sortir.

– Mais les amis, les parents?

– On leur a raconté que nous sommes atteints d'une maladie très contagieuse. Je ne sais pas combien de temps ils vont le croire mais je pense qu'ils font l'objet de certaines pressions et qu'on leur a interdit d'en parler à qui que ce soit. Nous recevons des lettres, nous pouvons en envoyer mais elles sont censurées. Certaines ont même dû être totalement réécrites.

Eyre ne décoléra pas pendant deux jours puis fut saisi d'une peur bleue. Quand le docteur

Polar apparut de nouveau sur l'écran de télévision, il attendit que Paul eût cessé de fulminer contre lui et dit :

– La situation n'est peut-être pas aussi mauvaise que vous le pensez, il existe peut-être une solution satisfaisante pour chacun. Je vous demande de vous approcher de la porte. On ouvrira le judas pendant une minute et vous regarderez dans le couloir. C'est tout.

N'ayant aucune raison de refuser, Eyre s'exécuta et vit un bébé d'un an environ couché dans un berceau. Il avait un visage décharné, des bras et des jambes d'une extrême maigreur et était manifestement en train de mourir. Paul se sentit envahi de pitié. Puis quelqu'un qu'il ne pouvait voir referma le judas.

Trois jours plus tard, la porte de la chambre s'ouvrit, Glenda entra, serra son père dans ses bras et déclara :

– Le bébé est guéri, papa. Il avait une leucémie et serait mort dans une semaine environ. Les médecins se refusent à parler de guérison totale, toutefois ils reconnaissent qu'il y a rémission.

– J'en suis heureux mais qu'est-ce que cela implique pour moi? pour toi? pour les autres?

Avec une expression indéchiffrable, Glenda répondit :

– Si tu coopères, nous serons libérés. Une fois dehors, nous n'aurons pas le droit de dire la vérité, sous peine d'avoir de graves ennuis. Mais nous serons libres. Si...

De toute évidence, Glenda avait honte de sa demande et espérait en même temps de toutes ses forces qu'il y accéderait. Paul ne pouvait le lui reprocher. Elle n'avait été libérée de son corps d'infirme que pour se voir privée de la nouvelle vie qu'on lui avait promise.

– Qu'en pensent les autres?

– Maman va devenir complètement folle si elle ne sort pas; Roger estime que la décision t'appartient; Morna Tincrowdor promet de tout faire pour obtenir ta libération mais ce ne sont que des paroles en l'air et elle le sait; Leo te conseille de ne pas céder à ces salauds. Il faut dire qu'il est parfaitement heureux : on lui fournit les livres et l'alcool qu'il réclame et il ne dépense pas un sou. Il t'envoie un message : « Les murailles de pierre ne font pas une geôle. » Je pense qu'il veut dire par là que tu peux te libérer par tes propres moyens, d'une façon ou d'une autre.

– Si l'on me demandait de faire quelque chose de mal, je refuserais et je suis certain que tu ne voudrais pas me voir accepter. Mais dans le cas présent, je réponds oui. Promets-moi seulement que tu ne m'oublieras pas, que tu m'écriras une fois par semaine au moins et que tu viendras me voir de temps en temps.

– Bien sûr, papa, dit Glenda. Pourtant, c'est injuste : tu feras du bien à de nombreuses personnes et tu resteras en prison!

– Je ne serai ni le premier ni le dernier. On me garde ici pour que je ne fasse de mal à personne. Dieu sait pourtant que je n'en ai aucunement l'intention – pas consciemment du moins.

Eyre se pencha vers sa fille et lui murmura à l'oreille :

– Dis à Tincrowdor de continuer à observer. Il comprendra.

Tard dans la nuit, Eyre s'éveilla avec la certitude que quelqu'un ou quelque chose se trouvait à proximité et l'avait tiré de son sommeil. Il se leva, s'approcha d'une des fenêtres et vit, par-dessus le mur, au-delà du fleuve, une ville scintillante de lumière. Suspendue dans l'air à cinq ou six mètres de la fenêtre, la soucoupe tournoyait avec une sorte de ronronnement modulé que Paul interpréta comme un message d'adieu. D'adieu et de tristesse. Elle était venue sur Terre pour une raison quelconque, avait eu un accident, avait involontairement provoqué un changement chez une autre créature et devait maintenant partir. Elle jugeait que les « graines » qu'elle avait plantées en lui n'avaient pas donné et ne donneraient pas de fruits.

Soudain la soucoupe s'éleva, Eyre plaqua son visage contre les barreaux mais ne put pas la suivre des yeux. En s'éloignant de la fenêtre, il revit en pensée le champ rouge et la cité verte. Était-ce l'endroit d'où venait la chose? Lui envoyait-elle cette vision par quelque moyen mental ou portait-il en lui une progéniture gardant le souvenir ancestral du pays de sa mère? Ce rejeton transmettait-il de temps à autre cette vision à Paul quand l'un ou l'autre – ou les deux en même temps – étaient sous le coup d'une émotion?

Eyre n'en saurait jamais rien. Le visiteur était venu et reparti pour des raisons mystérieuses. Quelle que fût sa mission, il ne l'avait pas remplie.

Le sort avait voulu que Paul soit le seul être humain touché par les étoiles, et les autres hommes avaient peur de celui que l'étoile avait touché. Et tandis que l'être qui avait offert le don ambivalent parcourait l'espace intersidéral, celui qui l'avait reçu était enfermé dans une petite chambre. A jamais.

– Non, pas à jamais, murmura-t-il. Vous pourriez me garder prisonnier si je n'étais qu'un être humain mais je suis davantage, maintenant. Et vous regretterez de m'avoir enfermé. Vous regretterez de ne pas m'avoir traité comme un être humain.

TROISIÈME PARTIE

L'ÉVOLUTION DE PAUL EYRE

I

CONSCIENT d'être observé, Paul Eyre se blottit sous le lit. La caméra de télévision ne pourrait pas le voir. Les surveillants seraient fous furieux, mais ils n'oseraient pas pénétrer dans sa cellule, de crainte de tomber raides morts.

Il gisait sur le dos, nu, le visage tourné vers les ressorts et le matelas. Au-dessus du matelas, il y avait les draps et les couvertures, puis le toit, puis les nuages. Par-dessus les nuages, c'était le ciel nocturne. Et, dans le ciel, il y avait une étoile autour de laquelle gravitait une planète dont il était originaire. Non, ce n'était pas vraiment lui qui en était originaire, mais la chose qui se cachait dans son cerveau, la chose qui provoquait tous ces changements.

Cette réflexion n'était pas tout à fait exacte. La chose devenait lui, et il devenait la chose. La minuscule structure jaune brique prenait le dessus. Et il en prenait le contrôle. Ils se fondaient l'un dans l'autre.

Il avait peur, mais pas autant qu'il l'aurait cru. L'attente se mêlait de frayeur. En outre, le changement était inévitable. Il l'avait vu en rêve, douze nuits d'affilée. La chose communiquait avec lui par le truchement de rêves, d'images, d'impressions. Ils n'avaient pas de langue commune; peu importe, ils n'en avaient pas besoin.

Son corps s'arrondissait, se contractait, s'aplatissait. La chair et les os se ramollissaient, tout comme l'ossature de sa fille lorsqu'il l'avait retrouvée dans sa voiture, sur le parking, à l'époque où la police le traquait. Le squelette de Glenda s'était changé en une sorte de gelée épaisse susceptible de prendre, ou de recevoir, une forme humaine. Non, cette expression ne convenait pas, se dit-il, puisqu'elle était déjà très humaine. Une forme acceptable, plutôt, avec une épine dorsale bien droite, une poitrine bien développée et des jambes harmonieuses. Quant à lui, il allait prendre une forme non-humaine. Une forme qu'aucun homme n'avait jamais revêtue avant lui.

Que deviendraient ses os et ses organes?

Il tendit une main vers les ressorts du sommier. Ses ongles miroitaient, sa chair émettait des lueurs. Les surveillants allaient-ils remarquer que, sous les draps, l'obscurité se changeait en une lumière crue? Allaient-ils penser qu'il était en train de s'immoler par le feu? Et puis, après s'être dit qu'il n'avait ni allumettes ni liquide inflammable, comprendraient-ils qu'il ne pouvait mettre le feu? Ils auraient envie d'envoyer quelqu'un en reconnaissance, mais n'en feraient rien. Ils devraient se contenter de l'observer, ébahis.

Il avait de quoi les étonner, tous autant qu'ils étaient. Comment ses quatre-vingts kilos pouvaient-ils se contracter sans le tuer? Comment son cerveau pouvait-il s'aplatir et se condenser sans le tuer?

Son corps s'affaissa, puis s'étala. Il voulut soulever la tête, mais n'y parvint pas. Ses yeux s'écartaient l'un de l'autre. En même temps, sa vision s'affaiblissait. Seule la lumière crue lui permettait de voir dans l'obscurité. Ses yeux rapetissaient et commençaient à s'enfoncer dans son crâne. Mais ils ne purent aller très loin, car le crâne lui-même s'aplatissait tout en rétrécissant.

Un instant, ses yeux se trouvèrent au fond d'un puits – c'est du moins ce qu'il lui sembla. Il se souvint d'avoir lu quelque part que l'on pouvait entrevoir les étoiles si l'on se tenait au fond d'un puits, en plein jour. Les étoiles étaient là. Les comètes. Et les novae. Elles étaient toutes là, en lui; ses nerfs émettaient des signaux lumineux. Mais, bientôt, les nerfs disparaîtraient. Ou bien, ils se changeraient en une structure à laquelle les neurologues de la Terre ne comprendraient rien. Ils changeraient également de fonction, et celle-ci serait tout aussi incompréhensible.

Son corps se déplaça sur le sol ainsi que le ferait une amibe. Il ne pouvait se voir, mais il savait qu'il devait avoir l'air d'une amibe. Son tronc s'aplatissait et devenait circulaire. Ses jambes, ses bras et sa tête diminuaient de taille et se changeaient en formes plates et circulaires. Il était une amibe qui rétracte ses pseudopodes.

Que deviendrait son cerveau? Qu'arriverait-il

à ses yeux? Et ses veines, ses artères, ses capillaires? Qu'adviendrait-il de ses os, de ses doigts, de ses orteils, de ses oreilles, de son nez, de ses dents? Et surtout, qu'adviendrait-il de lui, Paul Eyre?

Il avait toujours cru avoir une âme. A sa mort, elle monterait au ciel. Paul Eyre serait alors immuable, incorruptible, éternel.

Mais son âme allait se contracter et s'aplatir au même titre que son corps. L'âme suit la carte du corps. Ce que le corps écrit, l'âme le lit.

Mais il ne savait pas en quelle langue son corps écrivait.

Il ne put hurler de terreur quand il comprit pleinement quelle était sa situation. Il n'avait plus de gorge, et ses lèvres se fondaient l'une dans l'autre.

Pourtant, quelque chose en lui parvint à crier. La voix résonna longuement, comme celle d'un homme qui appelle du plus profond d'un labyrinthe souterrain. Quelque part dans la pénombre, une forme se dressa et s'éleva vers lui. Elle était plus noire que les ténèbres, et sa forme n'était qu'à demi humaine. Elle était menaçante, bien que sa voix eût quelque chose de doux et de rassurant. Paul Eyre ne voulait pas être rassuré; il voulait seulement s'enfuir.

Il sentit son corps se gonfler. Un sentiment de triomphe mêlé de déception s'empara de lui et, soudain, il eut une bouche et une gorge. Au lieu de hurler, il poussa de petits cris plaintifs.

II

IL se réveilla à dix heures du matin. Il portait son pyjama et se tenait couché sur le dos, dans le lit. Il était fatigué, il avait faim. Et puis, il avait honte. Honte de quoi? D'être un pleutre?

Il se leva et se dirigea d'un pas hésitant vers l'unique porte de la pièce. Au tiers de la hauteur avait été pratiqué une sorte de guichet. Il en ouvrit le battant et un plateau chargé de nourriture et de lait s'avança vers lui. Il prit le plateau et referma le guichet. Puis il alla déposer le plateau sur une petite table pliante et s'installa sur une chaise. Tout en mangeant ses œufs au jambon, son toast beurré et son pamplemousse, il se demanda ce qu'il aurait mangé s'il avait laissé la nouvelle forme prendre le dessus. Quand on est un être privé de bouche et d'organes digestifs, de quel type de nourriture a-t-on besoin? De quel combustible?

Il n'y avait qu'une façon de le savoir, mais c'était une façon qu'il refusait. Du moins, le croyait-il.

Il se souvint alors qu'il aurait dû se demander

pourquoi il donnait le nom de réalité à cette mutation. Jadis, il aurait pensé qu'une telle chose était impossible. Il fallait être fou pour croire sincèrement qu'on pût changer de forme. Mais aujourd'hui, l'univers lui paraissait aussi malléable que son propre corps.

Il reposa le plateau devant le guichet et se rendit dans la salle de bains. Ensuite, il se dirigea vers le placard sans porte et troqua son pyjama contre des vêtements. Avant, il se changeait dans la salle de bains, où il espérait ne pas être observé. Il s'en moquait bien, à présent, même si c'étaient des femmes qui le surveillaient. Et cela signifiait qu'il était transformé, non seulement dans son corps, mais aussi dans ses attitudes. Avant de venir ici, il ne se serait jamais dévêtu devant une femme. Même lorsqu'il se couchait aux côtés de son épouse, il éteignait la lumière pour quitter ses vêtements, afin qu'elle ne le vît jamais nu.

Cela lui rappela quelques-uns de ses rêves. Il avait cinquante-quatre ans, non, cinquante-cinq, et sa sexualité était encore assez vive. Il insistait toujours pour que Mavice le soulage au moins trois fois par semaine. Cela lui importait peu de savoir si elle était malade ou peu disposée à le faire. Il était de son devoir de s'occuper de lui. Normalement, Mavice se montrait soumise, mais il lui arrivait également de se plaindre ou de lui montrer par un silence obstiné qu'elle n'était pas contente.

Il ne s'adresserait plus à Mavice au cas où il aurait besoin de se soulager à nouveau. Elle le haïssait, bien qu'il dût reconnaître qu'elle n'avait pas tout à fait tort. Mais lui aussi la haïssait. Peut-être parce qu'une partie de la haine qu'il éprouvait pour elle s'adressait en fait à lui. De la haine, ou du mépris. Cela ne servait plus à rien de penser à tout cela. Ces choses appartenaient à un passé qui lui semblait encore plus étrange que le présent.

Quel couple de misérables!

« Des faucons pris aux rets », voilà comment Tincrowdor les avait décrits, un jour. C'était certainement une citation tirée d'un poème ou d'un roman; une phrase sur deux qu'il prononçait était une citation, comme s'il ne parvenait pas à forger ses propres expressions. Tincrowdor s'était ensuite repris : « Non, pas des faucons. Des vautours, plutôt, des vautours pris aux rets. Ou des hyènes. Ou des rats dans un trou empli de cyanure. »

Il avait également haï Tincrowdor. Rien d'étonnant à ce que l'autre redoutât de se trouver en face de lui. Il était toutefois difficile de lui en vouloir. Pourquoi Tincrowdor aurait-il risqué d'être foudroyé?

Sa sexualité n'avait pas été réfrénée quand la porte de la cellule s'était refermée sur lui. Il serait devenu complètement fou de désir s'il n'y avait eu ces rêves. Il s'endormait, et il voyait la cité resplendissante se dresser de l'autre côté de champs couverts de fleurs rouges. Il pouvait les traverser à quatre pattes. Il était une créature mi-humaine et mi-féline. Un léocentaure. De sexe féminin. Il avait un magnifique visage humain, des épaules et des bras blancs et des seins splendides. Sous le torse de femme, le corps était celui d'une lionne. Une odeur étrange, puissante, s'échappait de lui, ou plutôt, d'elle. Son organe sexuel pulsait de désir. Il – elle – était fou – folle – de désir, mais, être sensible, il – elle – parvenait plus ou moins à se maîtriser.

Et puis, un grand léocentaure mâle bondissait dans les champs, avant de s'accoupler avec lui – avec elle.

Quelle différence quand on possédait huit cents livres de muscles félins, une fourrure luisante, une queue, quatre pattes et deux mains!

Eyre frissonna au souvenir de cette extase, bien supérieure à tout ce qu'il avait pu connaître lorsqu'il était un homme. Il éprouva aussi une certaine honte, qui disparut peu à peu, avec les heures du jour.

Il ne parvenait pas à comprendre pourquoi il s'éveillait avec un pyjama poisseux, alors qu'il était de sexe féminin. Mais les orgasmes féminins qui le ravageaient en rêve trouvaient leur équivalent dans les orgasmes masculins de son corps humain. Son corps ou sa forme.

Il y avait d'autres rêves, des rêves où il était un petit corps pourvu d'une carapace rigide, capable de voler dans les airs, mais aussi dans le néant où les étoiles étaient les seules sources de lumière. Il voyait les étoiles, ou plutôt, il les sentait d'une manière parfaitement incompréhensible. Cette « vision » était bien supérieure à toute « vision » oculaire.

Est-ce que la petite brique jaune de son cerveau était porteuse de souvenirs ancestraux?

Des souvenirs qui ne pouvaient lui être transmis qu'en état de rêve?

Il n'en savait rien. Il y avait tant de choses qu'il ne parvenait pas à expliquer. Par exemple, la chose qui était en lui pouvait tuer ou guérir les êtres humains. Si elle voyait un malade ou un handicapé, elle le guérissait. Si elle se croyait menacée, elle le tuait. Paul Eyre était l'intermédiaire par lequel cette chose pouvait agir, mais il n'avait aucun moyen de pression sur elle.

Pourtant, le jour où il s'était rendu à la chasse et où il avait tiré sur l'espèce de soucoupe volante, elle ne l'avait pas tué. Pourquoi? Elle ne l'avait pas tué non plus quand il l'avait recherchée dans les bois. Elle ne pouvait douter de ses intentions.

Il était certain de l'avoir blessée. Comment aurait-il pu expliquer autrement la brume jaunâtre qui s'en était échappée? Les plombs avaient dû produire en elle une sorte d'ouverture.

Était-ce bien certain? Tincrowdor avait parlé de frai ou de spores. Le nuage était composé de minuscules objets pareils à du vif-argent, la progéniture de la soucoupe. Il était pratiquement certain que quelques-uns d'entre eux avaient pénétré dans le corps de Paul Eyre, par le nez ou par les pores de la peau. Ils s'étaient changés en millions de briquettes jaunâtres qui avaient envahi ses cellules sanguines et ses tissus. Ils les avaient toutes rejetées, à l'exception d'une seule, qui s'était logée dans son cerveau. Quelle que fût la façon dont il les avait expulsées, les autres briques n'avaient touché aucun être humain. Elles avaient dû mourir entre-temps.

Dans les bois, il avait vu la soucoupe volante, et il avait également vu le léocentaure femelle, cette créature d'une surprenante beauté. Ce n'est qu'aujourd'hui qu'il comprit que c'était une autre forme de la soucoupe.

C'était une idée qu'il pouvait admettre, puisqu'il le fallait. Mais pourquoi cette chose ne l'avait-elle pas tué par la pensée ou par les autres moyens dont elle disposait?

Il comprendrait certainement s'il acceptait de devenir pareil à une soucoupe.

Tincrowdor devait avoir une opinion là-dessus. Tincrowdor était un spécialiste de science-fiction. Quand Eyre lui avait raconté ce qui s'était passé dans les bois, Tincrowdor avait émis un certain nombre d'hypothèses assez plausibles. Eyre avait le sentiment que Tincrowdor était, d'une manière ou d'une autre, très proche de la vérité.

Il poserait la question à Tincrowdor.

Deux jours plus tard, l'écran de télévision en circuit fermé s'alluma, et un visage large et rougeoyant apparut. Paul Eyre mit bien une minute à le reconnaître. Tincrowdor portait une barbe rousse et blanche en broussaille, ses yeux étaient cernés de noir. On aurait cru qu'il s'était laissé pousser la barbe pour ne pas être reconnu de la Mort.

– Salut, Paul, dit-il. Je suis venu par avion, mais on m'a obligé à voyager en seconde. J'ai dû payer pour avoir du champagne.

– Écoute, dit Eyre, les autres croient peut-être que je suis dingue, mais cela ne fait rien. Ce n'est pas leur opinion qui fera évoluer ma situation.

Il s'arrêta un instant, puis dit :

– La nuit dernière, j'ai failli me transformer en soucoupe volante.

III

TINCROWDOR l'écouta sans l'interrompre. Puis il dit :

– Il y a quelques années, moi aussi, je t'aurais pris pour un dingue. Je n'en suis pas aussi sûr aujourd'hui. En fait, je sais *parfaitement* que tu n'es pas dingue! Et je vais te dire pourquoi je crois ce que peu de gens parviennent à croire. Il y a quelques années, un étudiant en anthropologie nommé Carlos Castaneda écrivit plusieurs livres où il relatait ses expériences avec la magie des Indiens Yaquis [1]. Il faut mettre le mot magie entre guillemets, parce qu'il est chargé de superstitions et de préjugés chez les Occidentaux. Pour les *brujos* yaquis – les sorciers, comme nous les appellerions – de nombreux mondes coexistent à l'intérieur du nôtre. Des mondes parallèles, si tu préfères, qui viennent recouper le nôtre. Grâce à leur magie, toujours entre guillemets, les *brujos* savent tirer profit des

1. Voir, entre autres, *L'herbe du diable et la petite fumée*, collection 10-18 *(N.d.T.)*.

entités, ou des forces, de ces autres mondes. Castaneda donne à ces mondes le nom de « réalité non-ordinaire ». Ce sont des réalités que nous ne rencontrons pas habituellement.

« Je ne vais pas t'expliquer comment les *brujos* peuvent pratiquer leur prétendue magie. Ce n'est pas de la magie, en fait, mais une science rigoureuse et toujours dangereuse. Ou une discipline. Les termes importent peu. Le fait est que les *brujos* que connaissait Castaneda – Don Juan, Don Genaro et quelques autres – aboutissaient à des résultats extraordinaires. Ils avaient des pouvoirs que nous autres, Occidentaux, avons toujours pris pour de la superstition ou de la supercherie. Castaneda est convaincu que ces pouvoirs existent depuis l'Age de Pierre. Par exemple, et je ne te citerai ce cas qu'en raison de son rapport avec ton problème, les *brujos* peuvent se transformer en oiseaux et voler. La lecture des bouquins de Castaneda m'en a totalement convaincu, et je peux te dire que c'est un scientifique rigoureux, pas un charlatan. »

– Tu veux dire par là que j'ai rencontré une créature de cette... de cette réalité non-ordinaire, et que c'est elle qui a provoqué en moi tous ces changements? dit Eyre.

Tincrowdor secoua la tête.

– Pas exactement. Tu as rencontré une créature non-ordinaire et tu fais l'expérience de mutations non-ordinaires. Mais leur nature n'est pas celle que décrit Castaneda. La soucoupe volante et le sphinx sont originaires de ce monde. Ils ne sont non-ordinaires que parce qu'ils viennent d'arriver. Il est probable que la plupart des choses ici-bas leur paraissent non-ordinaires – je devrais plutôt dire « lui paraissent », puisque ces formes semblent être métamorphiques.

« Apparemment, la chose jaunâtre qui est en toi est capable de provoquer ces changements de forme. Elle ne tire peut-être pas ce pouvoir de sa seule identité. Il se peut que nous autres, humains, possédions ce pouvoir, mais que nous ne nous en soyons jamais rendu compte. Ou que très peu d'individus seulement s'en soient rendu compte. La technique existe en nous, et la brique jaune sait comment l'utiliser.

« Voilà comment j'analyse la situation. Imagine une espèce d'êtres sensibles, ou peut-être non-sensibles, qui vit dans l'espace. Ils peuvent voyager dans l'espace, peut-être à l'aide de gravitons. Ce sont des phénomènes qui se comportent simultanément comme des ondes de fréquence et des particules. Les gravitons sont responsables de la gravité, de même que les photons sont responsables de la lumière. Enfin, peu importe. Ce n'est pas leur manière de se propulser dans l'espace ou dans l'atmosphère qui nous intéresse, mais leur constitution biologique.

« Je ne saurais dire s'ils ont des relations sexuelles et s'ils ont des enfants à partir de gènes masculins et féminins. Ils ont peut-être un mode de reproduction sexuée très proche de celui que nous connaissons sur terre. Quoi qu'il en soit, ces ovnis, appelons-les comme ça au lieu de parler de soucoupes volantes, ces ovnis, disais-je, sont originaires d'une planète lointaine, ou même de l'espace. Leur planète était surpeuplée, à moins qu'ils n'aient eu pour mission d'ensemencer d'autres planètes. Qu'importe? Ils sont nombreux à quitter la planète natale. Ils se rendent sur d'autres planètes semblables à la Terre. Ce sont des êtres sensibles. Certains ont une forme humaine, d'autres ressemblent à des centaures. Quant aux autres, Dieu seul sait de quoi ils peuvent avoir l'air.

« La femelle enceinte se pose sur la planète et libère un nuage porteur d'œufs. Les œufs microscopiques, les spores, si tu préfères, pénètrent dans les tissus des êtres sensibles. Un seul de ces œufs survit, de même qu'un seul parmi les millions de spermatozoïdes libérés au cours d'une éjaculation réussit à féconder l'ovule. Le vainqueur est celui qui arrive le premier au cerveau.

« Dans ce cas précis, c'est toi, Paul, qui es le spermatozoïde, un spermatozoïde bipède et pensant, qui s'unit à l'œuf. Cela se fait à moitié par fusion, et à moitié par symbiose. Tu parles de parasitisme parce que tu es un récepteur involontaire et conscient. D'étranges choses vont alors se passer. Tu as le pouvoir de guérir ou de tuer, même si tu dors ou es inconscient. Seulement, ce n'est pas toi qui agis, mais l'ovni qui est entièrement responsable de la guérison ou de l'autodéfense.

« Pourquoi le symbiote tue-t-il ceux qui te menacent? Pour se protéger, et toi avec, puisque tu es son hôte. Pourquoi guérit-il les humains qui ne le menacent pas? Très certainement parce qu'il les considère comme des hôtes possibles.

« Et c'est ainsi que tu te retrouves en observation, coffré par des savants qui n'arrivent pas à croire à ce qu'ils voient, mais qui doivent pourtant y croire.

« Pendant ce temps, le zygote se transforme en embryon, qui lui-même se change en adulte. L'adulte, c'est, ou ce sera, l'œuf de l'ovni plus l'hôte. Mes comparaisons sont plutôt vaseuses, biologiquement parlant. Les hôtes d'un symbiote ou d'un parasite ne sont pas des gamètes. Mais cela ne fait rien. C'est l'idée générale qui est importante. Tu commences à changer de forme. Tu résistes, mais tu finiras par céder. Tu te transformeras en une sorte de soucoupe volante. Qu'adviendra-t-il du cerveau, alors? Je n'en sais rien. Je pense que tu deviendras mi-humain et mi-autre chose. Tu en viendras à apprécier tes pouvoirs. Après tout, c'est très humain de désirer des pouvoirs que les autres ne détiennent pas. Tu ne seras pas non plus limité à une forme unique. A certains moments, peut-être même toutes les fois que tu le souhaiteras, tu pourras reprendre ta forme originale.

« C'est le fait que la soucoupe ait repris sa forme originale de léocentaure qui me fait penser cela.

« Un jour, tu quitteras cette prison. Tu rechercheras un mâle, sur cette Terre ou dans l'espace. Tu seras fertilisé, comment, ça, je n'en sais rien. Tu répandras ta progéniture. D'autres humains subiront les mêmes épreuves que toi. Et ainsi de suite. Et nous nous retrouverons en fin de compte avec une planète peuplée d'ovnis humains. Que se passera-t-il alors? Je ne le sais pas non plus. Je pense qu'un certain nombre partiront dans l'espace à la recherche de planètes vierges. »

– Tu ne crois pas à tout cela, dit Eyre.

Tincrowdor lui répondit :

– Et toi, tu y crois?

– Je n'en sais rien, fit Eyre. Mais je sais que cela ne me plaît pas.

IV

CE ne fut pas la fin de leur conversation. Qu'en était-il des ovnis? Pourquoi en avait-on vu à de si nombreuses reprises et pourquoi Eyre était-il la seule personne qu'ils aient jamais contaminée?

– Je ne crois pas que l'on en ait déjà signalé par ici, dit Tincrowdor. Les enquêteurs de l'Armée de l'Air ont conclu que 98 % des cas étaient dus à des phénomènes naturels, des illusions, des mystifications ou des hystéries collectives. Les 2 % restant peuvent être imputés à la carence des enquêteurs. Mais peut-être s'agit-il de véritables ovnis. Ce sont peut-être des mâles en quête de femelles, qui sait?

– Ils n'étaient pas tous du même type, dit Eyre. Il y avait des boules qui se comportaient exactement comme des phénomènes électriques. D'autres avaient la forme d'un cigare. D'autres encore ressemblaient à des éclairs aveuglants. Ils étaient presque tous plus gros que la soucoupe volante que j'ai vue.

Tincrowdor haussa les épaules et dit :

– S'ils existent vraiment en dehors de l'imagination de l'observateur, il se peut qu'ils appartiennent à des espèces ou des genres très différents de ta soucoupe volante. A moins que les mâles n'aient des formes différentes. Les divers types sont peut-être hostiles l'un envers l'autre. Ils se sont peut-être exterminés au cours d'une guerre secrète et invisible, à moins qu'ils n'aient déclaré la Terre zone contaminée et qu'ils ne l'évitent désormais. Peut-être ont-ils un traité selon lequel la Terre ne relève pas de leur juridiction; dans ce cas, ta soucoupe serait venue dans l'illégalité. Il se peut aussi qu'elle fût malade ou à cours de réserves, et qu'elle ait dû faire un atterrissage forcé.

« Tu veux que je t'explique en long et en large comment ces ovnis fonctionnent, alors que je ne sais rien des êtres humains et de leurs motivations. En outre, tout ce que que j'ai dit est peut-être archi-faux. »

Tincrowdor parut trouver cela amusant. Ce qui n'était pas le cas de Paul Eyre.

Quand le dialogue fut terminé, Eyre arpenta la pièce – il ne pouvait rester longtemps assis s'il ne lisait ou regardait la télévision – et se demanda quels effets cette conversation aurait sur les autorités. En déduiraient-ils qu'il était complètement fou? Dans ce cas, ils ne feraient rien. Ou plutôt, rien ne changerait. Ils tenteraient peut-être de le faire bénéficier d'une thérapeutique, à moins qu'ils ne redoutent d'essayer quoi que ce soit sur lui. S'ils croyaient à son histoire, ils pourraient prendre peur et essayer de le tuer. Ils justifieraient son exécution par l'intérêt supérieur de la majorité. La majorité : l'humanité tout entière, à l'exception de Paul Eyre. En toute logique, il ne pouvait qu'être d'accord avec eux.

V

LE lendemain matin, le visage de Tincrowdor se manifesta à nouveau sur l'écran. Il avait l'air pâle et terrorisé.

– Paul, dit-il, tu dois être au courant, un gaz mortel sera répandu dans ta cellule si tu fais mine de vouloir t'échapper. C'est terrible, mais *ils* ne peuvent même pas t'autoriser à aller dans le couloir. *Ils* ont peur de ne pas pouvoir t'arrêter, parce que tu peux tuer d'un seul regard. Eh bien, la nuit dernière...

Il s'arrêta de parler, avala sa salive, puis dit enfin :

– La nuit dernière, l'un d'*eux* a décidé de passer seul à l'action. Apparemment, il a cru ce que nous disions. Il s'est introduit dans la pièce qui abrite les valves et le bouton de contrôle du gaz empoisonné. Cette pièce est gardée par une seule personne, et un signal d'alarme se déclenche dès qu'un étranger tente d'y pénétrer. Il a bâillonné le garde et s'est précipité vers les valves. Il devait en ouvrir deux avant d'appuyer sur le bouton. Quand il a posé le doigt dessus, il est tombé, foudroyé. Dis-moi une chose :

est-ce que tu étais au courant de tout cela?

Eyre demeura un instant silencieux, puis il dit :

– Absolument pas.

Tincrowdor toussota et dit :

– Je pense que tu entrevois toutes les implications, n'est-ce pas?

Eyre ne put s'empêcher de laisser transparaître son émotion :

– Oui, je peux – enfin, la chose qui est en moi peut tuer même si je ne vois pas celui qui me menace.

Quelques secondes plus tard, l'horreur de la situation le frappa de plein fouet. Il dut s'asseoir, les genoux tremblants. On essayait vraiment de le tuer. Pourtant, il n'avait rien fait, sinon se défendre. Non, même cela, il ne l'avait pas fait. C'était la créature la responsable. Et tout en le pensant, il sut que ce n'était pas vrai. Il était impossible de dire avec précision qui était Paul Eyre et qui était l'enfant de l'ovni. Les frontières étaient imprécises, les identités se fondaient l'une dans l'autre.

Il fallait qu'il sorte, qu'il s'en aille, mais, pour ce faire, il lui fallait vivre une chose dont la seule pensée l'épouvantait.

– *Ils* sont divisés, dit Tincrowdor. Il y en a qui pensent que tu dis la vérité; il y en a d'autres pour qui tu es cinglé. Mais même ces derniers ne sont pas très sûrs. Ils ont vu la lueur sous le lit, et ils savent bien que ce n'étaient pas des flammes. Le moindre changement de température est enregistré, et ils n'ont rien remarqué. C'était comme une lumière froide.

– Pourquoi Polar et Kowalski ne me parlent-ils pas? dit Eyre. Pourquoi es-tu subitement devenu leur porte-parole?

– Je n'ai pas fait d'études scientifiques, mais j'ai beaucoup d'imagination. Cette situation exige la participation d'un esprit qui ne rejette pas le fantastique. On dit que seul un voleur peut capturer un autre voleur. Eh bien, il faut un auteur de science-fiction dans une situation aussi abracadabrante. De plus, ils ne croient pas que j'arriverai à me taire. Ils peuvent me surveiller tant que je travaille pour eux.

– Est-ce que tu vas vraiment les aider à me tuer? dit Eyre.

Tincrowdor eut l'air désemparé.

– Je ne crois pas que l'on puisse te tuer.

– Mais tu souhaites essayer, dit Eyre.

Tincrowdor demeura silencieux.

Eyre dit alors :

– Dire que c'est toi qui poussais des hurlements parce que les troupes américaines massacraient les civils vietnamiens! Tu étais si sentimental que tu n'aurais pu tirer sur un cerf!

Il était clair que Tincrowdor avait peur. Il aurait très bien pu tomber foudroyé. En fait, se dit Eyre, Tincrowdor n'était pas aussi lâche qu'il l'avait pensé. Il lui fallait un certain courage pour lui raconter tout cela en sachant pertinemment qu'il encourait ses foudres.

A moins que Tincrowdor ne souhaitât mourir sur-le-champ. Il se sentait coupable de ne pas avoir crié au monde ce que lui, Paul Eyre, subissait actuellement. Ce sentiment de culpabilité était encore accru par sa participation à l'emprisonnement de Paul. De plus, il ne pouvait s'empêcher de tenter d'imaginer comment on pourrait tuer l'immortel. C'était un défi lancé à son intelligence, un défi qu'il avait sans aucun doute justifié par toutes sortes de raisonnement.

Eyre se rendit soudain compte que le visage qu'il voyait sur l'écran était celui de son plus terrible ennemi.

Cette prise de conscience fut suivie d'un moment d'étonnement. Pourquoi Tincrowdor n'était-il pas tombé raide mort?

Était-ce parce que Tincrowdor l'encourageait secrètement? Un jour, l'écrivain lui avait dit que ce serait une bonne chose si l'humanité tout entière était rayée d'un trait de plume de la surface de la Terre. La folie, le chagrin, la misère, la cupidité, le meurtre, le viol, la violence, la brutalité, le désespoir, les préjugés, l'hypocrisie, la persécution, tout cela disparaîtrait à tout jamais. Tincrowdor avait reconnu que la poésie, l'art et la musique disparaîtraient par la même occasion, mais le prix à payer pour quelques œuvres de qualité était infiniment trop élevé. Et puis, très peu de gens s'intéressaient vraiment à l'art. Selon lui, l'argent, la puissance et la domination, tant physique que morale, d'autrui constituaient les seuls raisons d'être de l'humanité.

« En revanche », lui avait dit Tincrowdor, « l'amour et la compassion continueront d'exister si l'homme vit toujours. Peut-être ne sommes-nous qu'un stade de l'évolution vers une espèce supérieure dont tous les membres seront emplis d'amour et de compassion. Dans ce cas, j'aimerais bien demander au Créateur pourquoi nous autres, représentants d'un stade intermédiaire, devons souffrir tant de choses. Est-ce que nous n'avons aucune valeur? »

Tincrowdor avait écrit une nouvelle intitulée *Votre reflet*, où des visiteurs venus de la planète Algol répandaient sur la Terre une sorte d'aérosol. Il recouvrait tous les miroirs du monde, de sorte que ceux qui s'y regardaient se voyaient tels qu'ils étaient vraiment. L'effet recherché était de rendre les hommes meilleurs, mais ceux-ci préférèrent briser les miroirs, puis faire voter une loi selon laquelle la fabrication d'un miroir était un crime capital. La loi ne fut pas nécessaire. En dehors de quelques masochistes, plus personne ne voulait de miroir.

Eyre avait alors demandé à Tincrowdor pourquoi il ne se suicidait pas, s'il pensait vraiment cela.

« J'aime bien nous rendre misérables, moi et les autres », lui avait répondu l'écrivain.

Et maintenant, Tincrowdor était déchiré. Il voulait survivre, ce qui impliquait la mort de Paul Eyre. Il voulait également qu'Eyre survive, parce qu'il représentait peut-être le stade suivant de l'évolution de l'homme.

Le fait qu'Eyre pût comprendre cela signifiait qu'il *avait* évolué, d'une certaine façon. A une époque, il aurait été trop obtus pour comprendre ce qui tourmentait Tincrowdor. Eyre était capable de comprendre le fonctionnement de la plus infime pièce d'une machine. Mais les problèmes des gens ne l'affleuraient jamais. Ils étaient trop impénétrables, trop irrationnels.

VI

CETTE nuit-là, Eyre s'éveilla après un sommeil que n'était venu troubler aucun rêve. Il se leva, but un peu d'eau et se rendit à l'unique fenêtre pour contempler le paysage nocturne. Les étoiles brillaient; par-delà les murs, le fleuve et la ville étaient constellés et zébrés de lumière.

Une zone pavée s'étendait entre les hauts murs de pierre et le bâtiment où il vivait. Des projecteurs étaient braqués en permanence. Une tourelle se dressait au coin de la muraille, ainsi que le bras d'un agent de la circulation qui fait signe de s'arrêter. Il y avait deux hommes armés de fusils et une mitrailleuse.

Il fut surpris, mais pas vraiment bouleversé, de voir le léocentaure femelle dans la cour. La lumière faisait resplendir son tronc blanc, ses longs cheveux sombres et son corps fauve. Elle lui souriait et agitait doucement la main.

La dernière fois qu'il l'avait vue, c'était sous la forme d'une sorte de soucoupe volante qui voletait devant sa fenêtre. Son corps tournoyant avait émis un son, qu'il avait interprété comme un adieu. Mais il s'était trompé. Elle était toujours là, pour veiller sur lui. Comme une mère veille sur son enfant.

Dans la tourelle, un garde poussa un cri. Le léocentaure fit un écart quand les balles s'écrasèrent sur le pavé, puis disparut sur la droite. Un instant plus tard, la mitrailleuse ouvrit le feu, pour s'arrêter presque instantanément. La fusillade cessa définitivement, cédant la place à une grande excitation.

Trois quarts d'heure après que les gardes et les chiens eurent cessé d'arpenter la cour pavée, le visage de Tincrowdor apparut sur l'écran de télévision.

– Jusqu'à cet instant, j'étais une sorte de saint Jean-Baptiste qui œuvrait pour le compte d'un messie mystérieux, dit-il. La foi brillait par son absence. Mais *maintenant,* ils croient! Ils ont deux témoins visuels, mais surtout, des photographies! La tourelle est équipée d'une caméra, tu sais. Non, tu ne peux pas le savoir. Quoi qu'il en soit, ils ont des clichés.

Le premier montrait le léocentaure en train de s'enfuir. Sur le troisième, il bondissait dans les airs. A cinq mètres de haut, pour le moins, se dit Eyre. Sur le cinquième, on ne voyait qu'une forme floue et oblongue. Le cliché suivant était également assez flou, mais il était indéniable que l'objet en question avait une forme de soucoupe volante. Sur la dernière photo, la soucoupe était prise dans le faisceau d'un projecteur.

– Apparemment, elle ne se sentait pas en danger, dit Tincrowdor. Sinon, le garde aurait succombé. Bien sûr, il se peut que l'adulte ne soit pas capable de tuer à l'aide de ses facultés psy. Ce qui signifie que tu ne serais plus en danger pour personne. Cela ne veut pas dire que tu ne constitueras plus une menace.

« Ce qui me fait croire que la forme adulte ne peut plus tuer, c'est que tu n'as pas tué les gardes. Toi, enfin, la chose qui est en toi, a dû vouloir protéger sa mère; dans ce cas, pourquoi n'a-t-elle rien fait?

« Est-ce qu'il y a des éléments qui nous échappent? »

Eyre s'interdit de montrer la joie que lui procurait l'annonce de la fuite de la mère. Il dit :

– Que va-t-il se passer, à présent?

– Je n'en sais rien. Je crois qu'ils vont mettre la Maison-Blanche au courant des événements. Ils se sont montrés très discrets jusqu'à aujourd'hui. Très peu d'officiels savent qu'un homme est détenu sans avoir été présenté à la justice, au mépris des droits les plus élémentaires. Et ceux qui connaissent le fin mot de l'histoire sont encore moins nombreux. Mais maintenant qu'ils détiennent des preuves que les sujets les moins imaginatifs ne peuvent réfuter, il va leur falloir informer la plus haute autorité de ce pays. Cela risque de prendre quelque temps pour parvenir à *le* convaincre.

Ce que tu ne dis pas, pensa Eyre, c'est que tous les gens qui sont au courant vont en crever de trouille.

Et ce matin-là, alors qu'il faisait encore sombre, il se déshabilla et s'allongea sous le lit. Il en ressortit un peu plus tard, faible, tremblant, apeuré. Il avait abandonné à mi-chemin. Il resta longtemps couché, se tournant en tous sens et ne cessant de se traiter de poltron. Mais d'un autre côté, il était heureux de constater que quelque chose en lui avait refusé de devenir non-humain. Il finit par s'endormir, pour ne se réveiller qu'à dix heures trente. Il prit son petit déjeuner et lut plusieurs pages d'un livre consacré à une tribu de Nouvelle-Guinée. Il lisait beaucoup, ces temps-ci, pour tenter de rattraper le retard accumulé au cours de toutes ces années où il ne s'était intéressé qu'aux sports et aux nouvelles locales.

Il venait tout juste de commencer à arpenter la pièce, quand l'écran de télévision s'alluma. Tincrowdor lui dit :

– C'est la dernière fois que je viens te voir, Paul. Ici, en tout cas. Je laisse tomber. Je ne veux plus avoir affaire à ces gens. Ou à toi. Je n'en peux plus, tu comprends? Je suis déchiré entre ma conscience et ce que je crois, en toute logique, qu'on devrait faire de toi. Ce dernier incident a fait déborder le vase. D'accord, l'idée vient de moi, mais cela m'a dégoûté lorsqu'ils l'ont mise en pratique.

– De quoi parles-tu? demanda Paul.

Une personne située hors champ dit alors quelque chose à Tincrowdor. Il se mit à ricaner :

– Qu'est-ce que ça peut bien foutre?

Puis il se tourna vers Eyre :

– J'ai imaginé de libérer le gaz empoisonné à l'aide d'un contrôle à distance. Ils ont installé une telle machine. Deux, en fait. Le capteur qui te surveille en permanence devait envoyer un signal radio à une machine installée à Washington dès l'instant où il détectait la lueur sous le lit. La machine devait alors émettre un signal destiné à ouvrir les valves des bouteilles de gaz. Ils avaient tout arrangé pour qu'aucun être humain ne soit impliqué dans ton empoisonnement. Ainsi, il n'y aurait pas de victime de leur côté.

Il toussota, parut gêné et ajouta très vite :

– Si j'ai fait cela, Paul, c'est parce que je suis un être humain! Je veux que l'humanité survive! Sous sa forme humaine. Cela vaut mieux que tout, finalement. De toute façon, je ne croyais pas que l'on parviendrait à te tuer, et j'ai voulu savoir si j'avais tort ou non. J'espérais bien avoir tort, mais en même temps, je souhaitais ardemment le contraire. Est-ce que tu peux me comprendre?

– Je suppose que je ferais la même chose si je me trouvais à ta place, dit Eyre. Mais tu ne peux pas t'attendre à ce que je me montre sympathique envers un homme qui a essayé de me tuer.

– Je ne m'y attends pas, mais je n'ai pas plus de sympathie envers moi-même, si tu veux le savoir. En tout cas, voilà ce qui s'est passé. Dès qu'il y eu la lueur sous le lit, le capteur a envoyé le signal à Washington, mais le signal de retour n'est jamais arrivé. Les deux machines ont pris feu. Il semble que les circuits aient été surchargés et qu'il y ait eu un court-circuit.

– Tu peux essayer tant que tu voudras, tu n'y parviendras jamais, dit Eyre.

Il fut surpris de s'entendre dire cela. Il n'en avait pas eu l'intention. Était-ce la chose en lui qui avait parlé? Ou bien, est-ce que leur union, leur fusion, comme disait Tincrowdor, était presque achevée?

– Écoute, Paul! cria Tincrowdor. La vitre résiste aux chocs mais tu peux passer à travers. Leur plan, c'est.

Une main fut plaquée sur la bouche de Tincrowdor. Polar et Kowalski apparurent dans le champ, puis ils entraînèrent au loin Tincrowdor qui tentait de se dégager.

Eyre souhaita la mort de Polar et de Kowalski, mais Polar revint un instant plus tard. Eyre était content de ne pas l'avoir tué. Peut-être valait-il mieux qu'il ne pût pas contrôler ses pouvoirs. La responsabilité et la faute ne lui incombaient pas.

– Eyre, je vous assure que nous n'avons plus aucun plan, dit Polar d'un ton suraigu. Pas contre vous, de manière positive, je veux dire. Nous savons que nous ne pouvons rien vous faire. Nous allons simplement vous garder ici jusqu'à ce que nous ayons trouvé une solution satisfaisante, avec la grâce de Dieu.

Polar mentait, c'était évident.

Alors, oubliant dans un accès de fureur sa joie de l'instant précédent, Eyre se mit à hurler :

– Crève! Crève!

Polar poussa un cri d'horreur et s'enfuit en courant. Une seconde plus tard, l'écran s'éteignit. Eyre cessa de rire et s'allongea sur le sol. Il ferma les yeux, mais les rouvrit presque instantanément. Cette fois-ci, la lueur ne venait plus de sa peau mais des profondeurs de son être. De plus, elle émettait des pulsations.

Et à nouveau, ce fut l'horreur. Et la métamorphose se produisit si rapidement que sa tête en aurait éclaté – s'il avait eu une tête. En un éclair, il s'était tassé sur lui-même, et il avait changé.

Il s'éleva au-dessus du sol en émettant une sorte de bourdonnement. Il tournait sur lui-même, ou du moins, c'est ce qu'il lui semblait, parce qu'il n'avait aucune impression de vertige. Bien qu'il n'eût pas d'yeux, il pouvait voir. Autour de lui, la pièce n'était plus un cube, mais une sphère noire. Les meubles étaient des sortes de boules violettes. Les fils électriques courant à l'intérieur des murs étaient des spirales de lumière discontinue. La fenêtre était hexagonale, les projecteurs émettaient des lueurs mauves. Les étoiles avaient des formes et des couleurs des plus variées.

Il n'avait pas de mains pour toucher sa carapace, et pourtant, il se sentait doté d'un sens entièrement nouveau. La carapace était bien plus résistante que l'acier, tout en étant aussi souple que du caoutchouc.

Il pensa « En avant », et la vitre antichoc vola devant lui en éclats qui retombèrent comme des comètes à la verte chevelure. En touchant le sol jaune de la cour, ils prirent une teinte brunâtre.

Il aurait crié de joie s'il avait eu une voix. Il eut seulement l'impression qu'une minuscule étincelle électrique le traversait de part en part. Elle émit une brève lueur, puis disparut.

Où étaient passés ses yeux, ses oreilles, ses bras, ses jambes, sa bouche, ses parties génitales? Qui s'en souciait, au fait? Pas lui, en tout cas, et il s'éleva dans les airs presque à la verticale. Ce changement de position lui procura la vision d'une sorte d'éclair de couleur écarlate. Il marchait dessus. Sous lui, les balles de la mitrailleuse formaient des pyramides orange, qui tiraient vers le brun quand la gravité les ramenait vers la Terre. Puis elles se changeaient en hexagones plats au moment où elles touchaient le sol.

Les petits enfants aiment à s'amuser, et Paul Eyre s'amusa longuement. Il montait et redescendait, rasait les champs pour remonter aussitôt vers la haute atmosphère, où le soleil était d'azur et l'espace de vert, descendait à nouveau, et l'air courait autour de lui comme la neige sur un écran de télévision, puis plongeait dans un fleuve, parmi les eaux couleur sang, les poissons de pourpre sombre et les algues beiges pareilles à des tours de Babel retournées. Et à nouveau, c'était la montée vers les nuages, semblables à des champignons d'un bleu céruléen.

Il n'était pas fatigué, il n'avait pas faim. Qu'il vole ou se repose, il se « nourrissait ». Il ne comprenait pas comment, pas plus qu'un sauvage qui ingurgite de la viande ne peut comprendre comment elle se transforme en muscles et en énergie. Tout ce qu'il savait, c'est que la bouche qu'il n'avait pas mâchait et dévorait les photons et les gravitons, les chronotons, les ondes hertziennes et les lignes de force. Quand il serait dans l'espace, il se nourrirait de tout cela, sans oublier les rayons X. Sa bouche était sa carapace.

Le spécialiste de la mécanique qu'il avait été aurait pensé que la surface de sa carapace était trop petite pour absorber une énergie suffisante à sa survie. Mais il savait à présent qu'il ne pourrait jamais absorber autant d'énergie qu'il n'en consommerait.

Il venait de tracer une courbe ascendante et de laisser dans son sillage des millions de piquants de porc-épic de couleur saphir, quand il vit sa mère. Elle allait trois fois plus vite que lui; c'était une sorte de croix ansée rayée d'écarlate et de bleu, qui abandonnait derrière elle des particules d'énergie jaunes en forme d'étoile de David. Elle ne ralentit pas, poursuivit son ascension et lui murmura – c'est du moins ce qu'il lui sembla – qu'il devrait la suivre. Elle aurait tant aimé qu'il l'accompagnât. Mais peut-être ne le souhaitait-il pas, et elle lui adressa un adieu et un bonjour.

– Qu'allons-nous faire maintenant, mon frère? dit-il de sa non-voix.

Son frère ne lui répondit pas. La petite chose jaune en lui, c'était lui; son frère, c'était lui, et il était son frère.

Il fit demi-tour et fonça vers la planète, qui ne formait qu'un entrelacs mouvant de triangles et de cubes. Il se mit en orbite et accéléra, comme si cette forme circulaire constituait le moyen de parvenir à une décision.

Ce qui était le cas, d'ailleurs.

VII

On sonna à la porte.

Mavice Eyre abandonna l'écran de télévision pour traverser la pièce enfumée et aller ouvrir. Elle découvrit Paul Eyre. Deux secondes s'écoulèrent, pendant lesquelles il aurait pu parcourir une centaine de kilomètres dans l'atmosphère s'il avait revêtu son autre forme. Puis Mavice s'évanouit.

Il y eut un instant de confusion et de consternation. Paul Eyre agit avec calme et fit ce qui convenait dans ces circonstances. Quand l'ordre fut revenu et le poste éteint, Paul fit asseoir Mavice et ses deux enfants, Roger et Glenda, puis il leur raconta brièvement ce qui s'était passé. Il n'aborda pas le problème de sa métamorphose.

Lorsqu'il eut terminé, Mavice dit :

– Pourquoi ne nous ont-ils pas dit qu'ils te laissaient sortir? Tu aurais pu nous téléphoner! J'ai failli mourir de peur en te voyant!

– Ils voulaient garder le secret sur ma libération, dit-il. Je vais bien, tu sais, bien que je ne sois plus le même. Si je ne t'ai pas prévenue, c'est parce qu'ils me l'ont demandé. Pourquoi, je n'en sais rien. Pour des raisons de sécurité, certainement.

Comment aurait-il pu leur avouer la vérité?

Seul le silence lui répondit. Sa femme et son fils avaient toujours peur de lui. Glenda ne le craignait pas, mais elle ne lui faisait pas entièrement confiance. Des trois personnes, elle était celle qui le soupçonnait d'avoir changé plus radicalement qu'il ne le prétendait.

– Dis donc, Papa, où as-tu eu ces vêtements? lui demanda Roger. On dirait qu'ils sortent d'un boui-boui. En tout cas, on pourrait le croire à leur odeur!

– Je vais m'en débarrasser, dit-il.

Et il pensa qu'ils avaient vraiment appartenu à un poivrot. Je lui ai pris ses vêtements et, en échange, je l'ai guéri de sa cirrhose du foie ainsi que de la tuberculose qu'il commençait à couver; j'ai également inversé le déséquilibre chimique qui faisait de lui un alcoolique. Enfin, je crois. En tout cas, si sa cirrhose, sa tuberculose et son penchant pour l'alcool sont d'origine chimique et non pas psychique, je l'ai guéri.

– Dis, tu vas retourner travailler chez Trackless? demanda Glenda.

– Non. Rien que d'y penser, cela me rend malade.

– Qu'est-ce que tu vas faire, alors? demanda Mavice d'une voix perçante. Tu as cinquante-cinq ans, tu ne pourras prendre ta retraite que dans dix ans! Si tu t'en vas maintenant, tu vas perdre tous tes droits, sans parler de la sécurité sociale et de la...

– J'ai mieux à faire que cela, dit-il.
– Quoi, par exemple? fit Mavice.
– Par exemple? Découvrir ce qu'est un être humain et pourquoi il est ainsi, dit-il. Avant d'aller autre part.
– Et où cela? fit Glenda.
– Où ma destinée me conduira.
– Qu'est-ce que c'est que cette histoire?
– Je ferai ce qui me paraît être le mieux. Ou ce qui est bien, en tout cas.
– Écoute, Papa, dit Glenda en se levant. J'étais infirme, bossue, et tu m'as guérie d'un seul regard! Pense à ce que tu peux faire pour les autres!

Glenda était emplie de joie, mais il n'en allait pas de même pour Roger et Mavice. Ils n'avaient pas vraiment peur de lui. Ils avaient surtout peur de ce que les autres pourraient tenter de lui faire, et de la façon dont il réagirait. Il aurait peut-être mieux valu qu'il ne revienne pas ici. Il les mettait en danger, alors qu'ils auraient été tranquilles s'il était parti dans quelque ville lointaine.

Mais cela aussi, ce n'était pas vrai. Aucun humain ne serait en sécurité tant qu'il vivrait sur Terre. Le changement était dangereux, et il était ici pour s'assurer que tout changeât. Même s'il allait vivre à Tombouctou – ce qui était fort possible, après tout – le changement émanerait de lui et engloutirait tout comme un raz-de-marée. La Terre serait submergée.

Il se leva.
– Allons nous coucher. Demain...
Mavice se tourna vers lui :
– Oui?

– Je commencerai à chercher.

Mavice était persuadé qu'il chercherait un nouveau poste. Après tout, c'était son devoir que de pourvoir à l'entretien de sa famille.

C'était vrai. Mais un devoir plus rude l'attendait, celui de trouver un compagnon. Alors, seulement, l'ensemencement pourrait commencer.

QUATRIÈME PARTIE

LE GRAND PASSAGE

I

TEL le vent ou l'esprit, il courait autour du monde.

Quand il était humain, la Terre était solide et limitée à l'horizon. Quand il était soucoupe volante, c'était un entrelacs complexe de triangles et de cubes mouvants. La Terre émettait une lueur terne de couleur châtaigne et argent. Ses formes triangulaires et ses cubes creux étaient plus petits que ceux de l'eau. Le Gulf Stream avait la même couleur que le reste de l'Atlantique, mais les cubes orbitaient plus étroitement autour des triangles.

Les nuages de vapeur d'eau étaient semblables à des champignons. Le smog était un troupeau de formes pareilles à des poissons-lunes. L'air pur, fort rare au demeurant, ressemblait à la neige sur un écran de télévision mal réglé. La pluie et la neige véritable formaient des polyèdres, mais l'une était azurée, et l'autre orange foncé.

Voilà ce qu'il « voyait » de la stratosphère. Lorsqu'il se rapprochait du sol, les triangles et les cubes se mêlaient, s'immobilisaient, prenaient toutes les teintes du vert. Les arbres étaient des pyramides renversées, ils ressemblaient plus à des tumeurs du sol qu'à des entités indépendantes.

Parfois, il ralentissait et s'approchait tout près d'une maison. Il « regardait » par les fenêtres. Les chiens ressemblaient à de l'astrakan; les chats, à des jets de gaz; les humains, au symbole du dollar ou à des pyramides pourvues d'un œil unique et écarlate, changeant sans cesse de volume.

Donc, il parcourait sans cesse l'espace, et jamais il ne rencontrait un être de sa race. Il aurait peut-être dû accepter l' « invitation » de sa mère, ce qui lui aurait permis de se rendre sur quelque lointaine planète où elle eût été à la fois son guide et son compagnon. Il savait maintenant qu'il ne trouverait jamais l'un de ses frères, dût-il vivre mille ans. A moins qu'il n'en découvrît une douzaine dans la même journée. Ou plutôt dans la même nuit, puisque c'était cette période qu'il choisissait pour voler. Le jour, il se contentait de marcher sur ses deux jambes.

Il ne dormait pas. En se métamorphosant, il perdait le besoin de dormir. Dans son corps transformé, quelque chose éliminait automatiquement les toxines accumulées lorsqu'il était bipède.

Étoile filante, il fonça vers son immeuble, ralentit telle une comète à la chevelure blanc-bleuté, s'arrêta devant la fenêtre ouverte et entra. La transition fut si rapide qu'aucun œil humain n'aurait pu la saisir. Et c'est ainsi qu'il recouvra la forme en laquelle des millions d'individus auraient reconnu Paul Eyre.

II

LA forme humaine avait tout de même des avantages certains. Lorsqu'il fonçait d'un pôle à l'autre, tel un Père Noël supersonique, il se repaissait de photons, de gravitons, de rayons X, de lignes magnétiques et de chronotrons. Mais rien de cela n'avait de goût. Il n'en allait pas de même pour les toasts beurrés, les œufs au bacon ou le café fumant. Leur ingestion était tout aussi agréable que leur rejet. Avant d'être changé, ses défécations étaient hâtives, honteuses. Il vivait à présent une nouvelle extase; la sensation n'était pas la même quand il ingurgitait ou rejetait des aliments, mais le plaisir était tout aussi fort.

Il se rasait, se douchait et s'habillait, puis il lisait pendant quatre heures avant de sortir de chez lui, à sept heures trente. Les gardiens lui disaient bonjour, sans bien parvenir à dissimuler leur sentiment de dégoût mêlé de frayeur. Visiblement, ils étaient là pour le protéger. En fait, ils protégeaient les autres. C'est-à-dire, le reste de l'humanité.

D'un point de vue purement pratique, ils étaient en fait incapables d'assurer une quelconque protection, que ce fût la sienne ou celle d'autrui.

Il sortit de l'immeuble. De l'autre côté de la rue, un bâtiment abritait des dizaines de personnes qui, jour et nuit, dirigeaient des caméras, écoutaient des conversations téléphoniques ou manœuvraient des micros à distance. Il les avait « vus » à l'œuvre, la nuit. Ils adressaient leurs rapports à des agences situées à Washington, en Europe ou en Asie. Ils l'espionnaient et s'espionnaient entre eux.

Il longea vivement une douzaine de pâtés de maisons puis s'engagea dans une allée qui menait à une sorte d'énorme hôtel particulier. Il avait jadis appartenu à une famille fortunée de la ville, avant d'être transformé en salon funéraire. C'était là qu'il avait installé son quartier général. La foule qui attendait dans l'allée et sous le porche l'acclama quand il arriva. Ils tendaient la main, sans jamais parvenir à le toucher. D'un geste, il leur faisait signe de reculer, et ils se repliaient, ainsi qu'une vague de sable. Ils l'adoraient et le haïssaient à la fois.

Sur les milliers de personnes qui encombraient le parking, les pelouses, le trottoir et le porche, la moitié se constituait d'aveugles, de malades, de paralytiques, de mourants. L'autre moitié était formée de parents, d'amis ou d'infirmiers venus aider ceux qui avaient besoin de béquilles, de fauteuils roulants ou de civières pour se déplacer. Il pouvait renvoyer chez eux les malades, débarrassés à tout jamais de leurs maux comme de bagages désormais inutiles. Mais que pouvait-il faire pour les autres, ceux que l'on disait bien portants? Comment pouvait-il lutter contre la haine et la cupidité, le préjugé et le mépris?

Des lépreux, tous tant qu'ils étaient.

Il s'arrêta sous le porche, fit demi-tour et leva la main. Le silence s'imposa.

– Rentrez chez vous! dit-il. Faites de la place pour les autres!

Il y eut des cris de joie et d'étonnement. Des béquilles volèrent en l'air. Des hommes et des femmes se mirent à danser. Des enfants se dressèrent sur leur fauteuil. Ceux qui étaient encore allongés sur des brancards furent transportés d'urgence vers les ambulances; leur convalescence prendrait encore un certain temps. Une femme dont les os tordus commençaient à se liquéfier poussa des cris de terreur. Dans quelques semaines, elle serait en parfaite santé.

Tout à coup, au pied des marches menant au porche, un homme plongea la main dans son veston et en tira un revolver. Son visage était blême, tourmenté.

– Meurs donc, chien d'antéchrist! hurla-t-il. L'Enfer sera encore trop bon pour toi!

La haine céda instantanément la place à la douleur la plus vive. Il laissa tomber son arme et étreignit sa poitrine. Deux policiers se précipitèrent vers lui, mais il était déjà trop tard. Il gisait à terre, mort, quand ils arrivèrent près de lui.

Et Paul Eyre murmura :

– Ils ne comprendront donc jamais!

III

Au début, il s'était installé dans un grand bureau où les « patients » venaient lui rendre visite. Pour être plus exact, ils entraient par une porte, passaient devant lui, et ressortaient par une autre porte sans avoir dit un mot. Chacun recevait une fiche où il apprenait qu'il pouvait, si tel était son désir, envoyer une somme d'argent à l'adresse indiquée. Paul Eyre n'ignorait pas que des fonctionnaires du ministère de la Santé ou des membres de l'A.M.A. [1] se cachaient parmi ses employés. Ils avaient pour lui le regard d'un fermier pour une fouine entrée dans la basse-cour. Malgré cela, leurs rapports toujours monotones, n'étaient entachés d'aucune irrégularité.

Ce n'est qu'après plusieurs mois que Paul Eyre s'installa sous le porche. Quand il faisait chaud, il regardait les passants au travers d'un écran. En hiver, le porche était vitré. Des automobiles, des

1. A.M.A. : American Medical Association, organisation farouchement opposée à tout ce qui peut ressembler à une « médecine socialisée », même lorsqu'il s'agit de l'aide aux vieillards. *(N.d.T.)*

camions et des autocars avançaient lentement dans l'allée, et il regardait les visages blêmes mais pleins d'espoir des passagers. Il avait besoin de les voir en chair et en os pour les guérir, bien qu'un seul regard suffît.

En revanche, il n'avait pas besoin de voir pour tuer. Les intrus dissimulés dans les autres pièces de la maison tombaient foudroyés dès qu'ils portaient la main à leur revolver. Un appareil destiné à libérer un gaz empoisonné avait été muni d'une horlogerie pour qu'il n'y eût aucune intervention humaine directe; l'appareil partit en fumée avant même que de fonctionner. Un fanatique avait voulu s'écraser sur la maison dans un avion bourré de nitroglycérine; l'avion explosa au-dessus du fleuve. Une bombe à retardement détruisit son propriétaire avant même qu'il pût monter en voiture.

Il y avait sans aucun doute eu d'autres incidents du même ordre dont Paul Eyre ignorait tout.

Ce qu'il y avait d'étrange dans ses pouvoirs, c'est qu'il n'avait pas la moindre idée de la façon dont ils opéraient. Il n'éprouvait aucun chatouillement, aucune modification de sa température corporelle, rien qui pût signaler la moindre transmission d'énergie.

Il avait cependant compris qu'il ne pouvait tuer quelqu'un simplement en le haïssant. Ses pouvoirs n 'étaient activés que si cette personne représentait un danger physique immédiat.

Il était une énigme pour l'humanité tout entière. Que ce fût dans la forêt amazonienne ou dans les étendues désertiques de l'Australie, tout le monde avait entendu parler de lui. Ils venaient du monde entier, et les affaires étaient florissantes à Busiris, Illinois. Les hôtels, les pensions et les motels étaient pleins à craquer. La police avait dû doubler ses effectifs, mais il n'y eut aucune récrimination de la part des contribuables. Eyre payait la note. Ses voisins avaient protesté contre l'encombrement des rues, mais personne n'y pouvait rien. La « Eyrecraft Industry », ainsi que l'avait baptisée le journal local, apportait la prospérité à Busiris. C'était la plus grosse industrie du pays, plus importante même que l'énorme Trackless Diesel Motor Corporation dont il avait été l'employé.

Il demeurait donc sous le porche, même lorsqu'il prenait son repas de midi ou faisait les cent pas pour se dégourdir les jambes. A sept heures du soir, il s'en allait; les membres de son équipe restaient encore deux ou trois heures, pour achever leur travail. Mais sa journée à lui était terminée : dix heures de visite et près de trente mille patients, cela lui suffisait largement. Il était épuisé, bien que n'ayant rien fait de plus que rester assis, marcher ou discuter brièvement avec ses secrétaires. Il revenait chez lui à pied, sans garde du corps, bien que les rues et les trottoirs fussent noirs de malades qui attendaient de le voir.

Il dînait seul dans son appartement, sauf les trois soirs de la semaine où ses maîtresses en titre venaient lui rendre visite. C'étaient de superbes jeunes femmes, qui avaient toutes d'excellentes raisons de coucher avec lui. Certaines lui étaient reconnaissantes d'avoir guéri leur mari, leurs parents ou encore elles-mêmes. D'autres croyaient l'adorer parce qu'il faisait des miracles. D'autres encore – il devait s'en apercevoir par la suite – travaillaient pour le compte du FBI, de la CIA, de l'OSSEX, de la Russie, de la Chine, de Cuba, de l'Angleterre, d'Israël, de la France, de la République arabe unie, de l'Inde et de l'Allemagne, tant de l'Est que de l'Ouest. Plusieurs femmes lui avaient même demandé de se réfugier dans leur pays. Ces mêmes pays avaient d'abord tenté de l'enlever, ce qui avait provoqué la mort instantané de l'agent, avant de chercher à le séduire. Il ne les livrait jamais à la police. Il leur demandait seulement de le laisser tranquille et de s'en aller.

Parfois, il se rendait à la fenêtre et regardait dans la rue. Des centaines de visages étaient tournés vers lui, comme s'il était le soleil bienfaiteur. Leur murmure s'élevait vers lui, en dépit des doubles vitrages. « Guérissez-moi », disaient-ils, « et je serai heureux ».

Il savait que ce n'était pas vrai, mais il les guérissait tout de même. Il ne pouvait s'en empêcher.

On lui avait même suggéré de parcourir le monde en avion et de survoler d'immenses terrains où les malades seraient rassemblés par centaines de milliers. Il avait repoussé cette idée. Toute vie privée lui aurait été interdite. Comment aurait-il pu s'échapper et sillonner l'espace sublunaire, de la Polynésie au pôle Nord? Ici, il réussissait à s'échapper en passant par une fenêtre donnant sur une petite cour à laquelle personne ne pouvait accéder. Bien entendu, elle était placée sous surveillance photographique et électronique, mais ceux qui l'observaient travaillaient pour le gouvernement, et leurs rapports étaient classés « top secret ». De toute façon, ils ne croyaient pas à ce qu'ils rapportaient. Certaines choses sont si invraisemblables que les accepter revient à admettre que l'on est fou.

Pourquoi Paul Eyre était-il devenu ce grand guérisseur? Pourquoi avait-il accepté cette mission pénible dont il ne parviendrait jamais à atteindre le but ultime, la suppression de tous les maux physiques de l'humanité? Certes, il n'avait pas le cœur de renvoyer les malades. Et puis, il gagnait beaucoup d'argent, ce qui lui permettait de pourvoir à l'entretien de sa fille et de son ex-femme. Enfin – surtout, peut-être – il était humain, et tout homme désire être un objet d'idolâtrie. Il était l'homme le plus important de cette planète, important au point que le public ne pouvait imaginer. Heureusement, parce que les gens auraient essayé de se l'approprier, littéralement parlant. Il frissonnait à cette pensée, parce que la foule aurait échoué, évidemment. La vision de centaines, peut-être même de milliers de personnes tombant mortes à ses pieds le rendait malade. Pour l'instant, les quelques décès signalés avaient été imputés à une trop grande joie combinée à un cœur un peu trop fragile.

Eyre lut quelque temps après avoir ingurgité le repas commandé au traiteur. (Il était inutile de le goûter; l'empoisonneur serait mort avant même de souiller la nourriture.) Il posa son livre et regarda la télévision pendant une demi-heure avant d'éteindre le poste. Ses émissions préférées lui paraissaient étonnamment futiles. Débiles et cons, comme le disait souvent son ami Tincrowdor.

Tincrowdor. Était-ce un ami? Il avait aidé Paul Eyre quand ce dernier avait été jeté en prison. Parallèlement, Tincrowdor avait cherché le moyen de le tuer. Mais, ainsi que Tincrowdor l'avait expliqué, c'était uniquement parce qu'il ne croyait pas vraiment que Paul pût être tué. Le défi intellectuel était trop grand pour qu'il ne le relevât pas.

Il décrocha le téléphone et appela le standard installé au rez-de-chaussée. Puis la sonnerie retentit à de multiples reprises, inlassablement. Combien étaient-ils à l'écouter en cet instant? Il y avait bien une dizaine d'agences gouvernementales américaines, l'A.M.A. et une demi-douzaine d'espions étrangers. Tous aussi impuissants les uns que les autres, seulement capables d'écouter et de rédiger des rapports.

Une voix mâle et rauque finit par répondre :

– Leo Queequeg Tincrowdor, poète-lauréat de B-B-P-F-T-C, j'écoute.

Si, par malheur, son correspondant demandait ce que signifiait ces initiales, Tincrowdor s'empressait de répondre : « Busiris, le Bled le plus Foireux de Toute la Création ».

– Viens chez moi, dit Eyre, je voudrais te parler.

– Tu ne m'en veux pas?

– Je veux te parler, c'est tout. Enfin , si tu n'es pas trop ivre.

– Juste ce qu'il faut, dit Tincrowdor. Dis à tes gorilles de ne pas me tirer dessus.

– Ils sont là pour me surveiller, c'est tout, fit Eyre. Tu pourrais venir avec un bazooka, ils se contenteraient de te demander ta carte d'identité.

Le pire, c'est que c'était vrai.

IV

UN autre visiteur appela du rez-de-chaussée avant même l'arrivée de Tincrowdor. C'était le Dr Lehnhausen, le bras droit du président des États-Unis. Eyre fut surpris, sans plus. Lehnhausen était déjà venu à l'improviste à plusieurs reprises : il arrivait de Washington dans le plus grand secret, bavardait avec lui pendant une petite heure, puis repartait comme il était venu.

Paul Eyre reçut Lehnhausen une minute plus tard. Quatre hommes montaient la garde, deux près de la porte, un devant l'ascenseur et un autre près de l'issue de secours.

Lehnhausen était un homme grand et sombre, doté d'un léger accent germanique. Il adressa un signe de la main à Eyre et dit :

– Comment allez-vous, monsieur?

– Je ne suis jamais malade et toujours occupé, dit Eyre. Et vous?

– Cela dépendra de ce que vous me direz, dit Lehnhausen. Je suis venu vous demander de revenir sur votre décision. Il m'a dit qu'il espérait que vous vous souviendriez que vous êtes américain.

Il y a quelques années, j'aurais tremblé en entendant cela, pensa Eyre. Le Président en personne qui me demande de faire mon devoir, de défendre mon pays.

– Je n'ai jamais dit non, fit Paul Eyre. Il me semblait que c'était clair. Ce que j'ai dit, et vous le savez fort bien puisque vous étiez là, c'est qu'il ne m'est pas nécessaire de vivre à Washington ou de me faire conseiller par une poignée de généraux et de bureaucrates. Je défendrai cette nation, mais cela se fera automatiquement. Et l'endroit où je me trouve importe peu.

– Oui, nous le comprenons très bien, dit Lehnhausen. Mais qu'adviendra-t-il si le Président juge nécessaire de lancer un missile atomique avant qu'un autre pays ne le fasse?

– Je n'en sais rien, dit Eyre.

Il se mit à arpenter la pièce et à suer à grosses gouttes.

– J'ai tenté à plusieurs reprises de vous expliquer que je n'avais aucun contrôle sur ce pouvoir. Tout ce qui constitue une menace immédiate pour ma personne semble être destiné à périr. Une guerre atomique me menacerait, même si la première fusée partait de ce pays. L'ennemi répliquerait, bien entendu, et ce serait une menace. Pour empêcher cela, moi, ou celui qui est en moi, nous pourrions décider que l'homme qui va donner l'ordre d'attaquer tombe raide mort avant même de donner cet ordre.

« Cela signifie que celui, quel qu'il soit, qui donnera l'ordre fatidique ou appuiera sur le bouton, mourra. De sorte que le Président n'aura pas besoin de déclencher l'attaque, pour prévenir une attaque ennemie qui ne se produira pas. Le chef ennemi mourrait avant même de donner l'ordre. Et son remplaçant mourrait de même.

« Il n'est donc pas utile que le Président donne l'ordre. Vous comprenez ce que je veux vous dire? Dieu sait que je vous l'ai déjà dit à de nombreuses reprises, et je trouve cette visite à la fois inutile et ennuyeuse. Il me semble que vous autres, à Washington, ne parvenez jamais à entrevoir la vérité. »

Lehnhausen dit d'un ton amer :

– Vous avez surtout réussi à annihiler notre potentiel atomique. Nous ne pouvons l'utiliser, et cela nous désavantage par rapport aux nations dont la puissance de feu traditionnelle est plus importante. L'Union soviétique et la Chine peuvent lever des armées plus nombreuses que la nôtre. La marine soviétique est bien supérieure à la nôtre. La Russie pourrait envahir l'Europe à tout moment, et nous ne pourrions pas intervenir. De même, la Chine pourrait s'emparer de l'Asie. Que se passerait-il, alors?

– Je n'en sais rien, dit Eyre. Peut-être pourrais-je enfin, la chose qui est en moi pourrait peut-être décider, qu'une invasion du vieux continent par ces deux puissances constituerait une menace immédiate pour ma personne. Cela pourrait tuer les leaders russes ou chinois sans leur laisser le temps de donner l'ordre d'attaquer. Je n'en sais rien. Ce que je sais, c'est qu'elle déciderait que l'invasion de notre pays par une puissance étrangère constituerait une menace immédiate. Il ne pourrait donc y avoir d'invasion.

– Peut-être, mais vous ne feriez rien si l'Europe était envahie, dit Lehnhausen.

– Vous me feriez passer pour un traître, répliqua Eyre. Vous ne voulez pas comprendre que je n'ai aucun moyen de contrôle? Vous m'avez dit vous-même que les gouvernements étrangers avaient tout compris et qu'ils n'attaqueront pas de peur de voir leurs dirigeants tomber comme des mouches. Et puis, tout ceci est trop hypothétique.

Lehnhausen dit :

– Vous faisiez partie des Minutemen [1], jadis. Vous vous êtes retiré de cette association quand elle a été déclarée illégale. Je pensais donc...

– Je ne suis plus le même Paul Eyre.

– Parfois, nous nous demandons même si vous êtes vraiment Paul Eyre, dit Lehnhausen.

Eyre éclata de rire. Il savait ce que Lehnhausen. Tincrowdor lui avait expliqué qu'on avait dû démontrer à certains personnages haut placés qu'il pouvait se changer en une chose étrangère à cette planète. Et ils en avaient inévitablement conclu que le véritable Paul Eyre avait été tué et remplacé par cette « chose ». La chose, la créature, le « monstre de l'espace », était venu s'emparer de la Terre ou, dans le meilleur des cas, la dévaster pour préparer le terrain en vue de l'invasion qui ne manquerait pas de suivre.

1. Les « Minutemen of the West » ont juré de s'engager dans une guerre de guérilla s'ils jugent que le gouvernement américain se montre trop « favorable » aux communistes. Leur nom rappelle celui des volontaires de la Guerre d'Indépendance *(N.d.T.)*.

« Les histoires de S.-F. et les films d'horreur ont conditionné les gens », lui avait expliqué Tincrowdor. » J'avoue que j'ai pensé la même chose, mais j'ai pu t'observer très attentivement. Tu es bien le vrai Paul Eyre. Enfin, tu es la moitié du vrai. Tu es peut-être possédé, mais pas entièrement. »

Pour la première fois, Paul Eyre avait compris qu'il était le seul et unique homme libre de toute la planète. Il pouvait faire tout ce qu'il voulait, et personne ne pouvait l'en empêcher. Il pouvait se rendre dans n'importe quel pays, et les autorités ne pouvaient rien contre lui. Il pouvait mener la vie de son choix, voler, piller, violer, assassiner si cela lui chantait, et demeurer impuni.

Grâce au ciel, ce genre d'activités ne l'attirait nullement. Mais que serait-il advenu si la créature s'était introduite dans l'esprit d'un homme vivant déjà dans l'immoralité?

Que serait notre monde si chaque homme possédait des pouvoirs semblables aux siens? Personne n'oserait plus menacer personne. Mais que se passerait-il si une dispute opposait deux individus pensant tous les deux avoir raison? C'était ce qui se produisait dans la plupart des cas. Mourraient-elles toutes les deux? Il faudrait pour cela qu'elle se menacent physiquement. Ce qui signifie que le plus violent mourrait en premier.

– Cela ne sert à rien de discuter, dit Eyre. J'en ai assez d'être embêté, que ce soit par vous ou par les autres représentants du gouvernement.

Le Président y compris, se dit Eyre, mais il ne put se résoudre à préciser sa pensée sur ce point.

Il éprouvait toujours un certain respect mêlé de terreur pour le premier personnage de l'État.

– Je ne veux plus vous revoir, ni même entendre parler de vous, à moins que la sécurité du pays ne soit en jeu. Et je doute que cela se produise un jour. Le problème serait réglé avant même de se poser.

– Vous n'êtes pas Dieu! fit Lehnhausen. Même s'il y a des fanatiques pour le crier sur les toits!

– J'ai désavoué publiquement ces cinglés, dit Eyre. Ce n'est tout de même pas ma faute s'ils ne font pas attention à ce que je dis!

Il jeta un coup d'œil à sa montre.

– J'ai un rendez-vous. Je vous suggère de vous en aller.

– En tant que citoyen, vous...

Lehnhausen s'arrêta net. Il avait le visage empourpré et les yeux semblaient lui sortir de la tête.

Il avala sa salive, tira un mouchoir et s'épongea le front avant de s'efforcer de sourire. Ses doigts étaient crispés sur le mouchoir.

– Vous ne craignez rien tant que vous n'essayez pas de faire usage de la violence, dit doucement Eyre.

– Je n'en avais pas l'intention, fit Lehnhausen. Très bien. Puisque vous ne voulez pas faire votre devoir...

– Je ne peux pas, nuance.

– Cela revient au même. Mais, comme j'ai commencé à vous le dire, le Président aimerait que vous lui donniez au moins une assurance. Les élections ont lieu dans un an et...

– Et vous voulez que je vous promette que ne me présenterai pas à la présidence, dit Eyre. Je croyais vous avoir déjà dit que je n'avais pas d'ambitions de ce genre.

– Les gens changent d'avis, c'est normal.

– Je ne suis pas qualifié et cela ne m'intéresse pas. Je ne ferais que des bêtises. Dans le temps, j'étais assez ignorant pour croire que je pourrais faire mieux que tous les hommes d'État. Mais mon horizon s'est élargi depuis. Je suis toujours ignorant, mais pas à ce point-là.

– Nous savons que vous avez été contacté par les Démocrates, le Parti socialiste ouvrier, les communistes, les messianistes... Si vous –

– Si je me présentais, ce serait en tant que Républicain, dit Eyre. Et je commencerais par me débarrasser de tous ceux qui essayent de me tuer. Vous seriez dans le lot, naturellement.

Lehnhausen devint tout pâle, puis il dit :

– Vous n'avez pas le droit!

– Je soupçonne l'homme qui a tenté de me tuer ce matin d'être l'un de vos agents. Cette histoire d'antéchrist avait pour but de me faire passer pour un fanatique religieux.

– Vous tombez dans la paranoïa, dit Lehnhausen.

– Un paranoïaque est quelqu'un dont le sentiment de persécution ne s'appuie sur aucune base rationnelle. Je sais que vous essayez de m'assassiner.

– Il faut un mobile politique pour parler d'assassinat, dit Lehnhausen. Le terme « meurtre » me semble plus correct.

– Vous avez un mobile politique, dit Eyre,

même si ce n'est pas le plus important de tous. Au revoir, Mr. Lehnhausen.

Lehnhausen hésita, puis tira lentement un papier de la poche de son veston.

– Est-ce que vous pourriez signer une déclaration comme quoi vous ne serez pas candidat?

– Non, dit Eyre, ma parole devra vous suffire. Au revoir.

V

– C'EST bien la première fois que tu me parles de mon second prénom, dit Tincrowdor. La curiosité n'effleurait-elle donc jamais ton esprit obtus?

– J'ai toujours pensé que c'était un nom indien et que tu avais du sang indien, mais que tu ne voulais pas l'avouer.

– Certains de mes ancêtres sont des Indiens Miamis, dit Tincrowdor, mais je n'en ai absolument pas honte. Toutefois, Queequeg est censé être un nom polynésien, même s'il ne possède pas ces innombrables voyelles qui font le charme de la langue polynésienne. Je crois que Melville l'a inventé. Mon père lisait beaucoup, tu sais, même à l'époque où il travaillait. *Moby Dick* était son livre de chevet, et le personnage qu'il préférait était Queequeg, le géant harponneur. C'est pour cela qu'il m'a donné le nom du fils du roi de l'île de Kokovoko. *Elle ne se trouve sur aucune carte; les lieux les plus vrais n'y sont jamais.* C'est ce que dit Ishmael.

« Si l'on m'avait demandé mon avis, j'aurais

préféré Tashtego – c'est un autre personnage du bouquin. Enfin, peu importe. Mon père savait probablement ce qu'il faisait en m'apposant une étiquette avant même que j'aie une personnalité. Queequeg pense beaucoup à sa prope mort; moi aussi. Queequeg prépare son cerceuil, et je fais la même chose. Le sien est en bois, des symboles étranges y sont gravés. Le mien est fait d'alcool, mais l'un comme l'autre, nous flottons vivants dans nos cercueils. »

Tincrowdor en profita pour se verser un verre, le humer et dire :

– Bon sang, ça fait quand même du bien par où ça passe!

– Revenons à notre discussion, si tu n'y vois pas d'inconvénients.

– Le moi est le seul sujet digne d'intérêt, et je ne m'intéresse à rien d'autre. Bon, qu'est-ce qu'on disait?

– Nous faisions des extrapolations. Cela dit, j'aimerais bien que tu arrêtes de boire. Tu m'as dit que ta mémoire et ta créativité s'étaient considérablement améliorées depuis que tu recommençais à me voir. Ton cerveau est endommagé par l'alcool, et j'ai réussi à renverser l'irréversible. Malgré tout, tu continues à te détruire.

– Pourquoi pas, puisque je peux être guéri par ta seule présence? Quand tu partiras à tout jamais, j'arrêterai de boire. Enfin, j'essaierai.

– Tu crois donc que je vais partir?

– Je te conseillerais même de partir sur-le-champ. Pas demain matin, tu m'entends? Tout de suite. Tu restes pour deux raisons, qui n'ont pas plus de valeur l'une que l'autre. La première, c'est que tu te sentirais coupable d'abandonner ta famille, ce que tu as déjà fait, soit dit en passant, et les malheureux Terriens. Oublie-les. Ils mourront tous, de toute façon, et tu ne pourrais en soigner qu'une infime partie. La Terre enfante des humains bien plus vite que tu ne peux les guérir, même si tu travaillais douze fois plus vite. La seconde, c'est que tu pourrais passer mille ans ici-bas sans jamais rencontrer ton compagnon. Il vaut mieux donc partir à sa recherche dans les étoiles.

Tincrowdor but la moitié du verre, s'essuya la bouche et poursuivit :

– J'ai oublié deux autres raisons. La troisième, c'est que tu devrais laisser l'humanité se débrouiller toute seule. Qu'elle choisisse sa propre destinée, aussi misérable fût-elle. L'homme n'a pas été conçu pour être une soucoupe volante. Et la quatrième, c'est que tu te feras tuer un jour ou l'autre si tu continues de traîner autour de cette planète.

Eyre sursauta et dit :

– Comment cela se pourrait-il?

– Je n'en sais rien, mais ils trouveront bien le moyen. Seule l'ingéniosité de l'homme dépasse sa stupidité. Tu es un défi à notre survie, et les plus brillants cerveaux du monde entier cherchent tous les jours le moyen de te détruire. Un jour, quelqu'un découvrira la solution miracle, et c'en sera fini de toi.

– Je ne vois pas comment.

– Tu as reçu des pouvoirs quasi divins, mais ton imagination ne s'est pas beaucoup améliorée.

C'est *normal,* que tu ne puisses pas voir comment.

– Et toi, tu y arrives?

– Ne me regarde pas comme ça. Je ne suis pas une menace pour toi. Plus maintenant, en tout cas. J'ai arrêté de me creuser la cervelle. Du moins, je n'en parle à personne.

– Très bien, dit Eyre. J'en ai assez de cet interminable boulot. Ce n'est pas drôle d'aller se coucher quand on sait que des milliers de personnes attendent dans des chambres d'hôtel de me voir le lendemain matin. J'ai vraiment l'impression que ces pauvres hères ont besoin de moi, et ma conscience serait gravement offensée si je les abandonnais.

« Mais je me dis également que je néglige ma propre mission. Je devrais être parti à la recherche de celui qui pourrait être mon compagnon. Quelqu'un, ou quelque chose, avec qui je puisse partager une extase que tu – enfin, que les êtres humains ne pourront jamais connaître. »

– Tu hésites entre le devoir et le plaisir. C'est bien cela, n'est-ce pas? lui demanda Tincrowdor. Tu parles comme si tu étais une nation, pas une personne.

– Je pourrais porter en moi des nations entières.

– Oui, tu le *pourrais...*

Tincrowdor paraissait apaisé, subitement. Il reprit :

– Tu pourrais porter en toi des millions de gamètes de soucoupes. Tu survolerais une ville très peuplée, tu lâcherais ton nuage jaune, et des millions de personnes seraient imprégnées. Cela signifierait la fin de la race humaine. Telle que nous la connaissons, tout du moins.

– Voilà ce que je ne comprends pas, dit Eyre. Par sécurité, les gamètes devraient être répartis entre un très grand nombre d'individus. Pourquoi le nuage jaune a-t-il été libéré alors que j'étais tout seul?

– Nous devons supposer, pour des raisons purement logiques, qu'il s'agit d'un accident. Tu as tiré sur ce que tu croyais être une caille, et c'était en fait une soucoupe, enfin, une personne ayant la forme d'une soucoupe. Tu l'as blessée et les gamètes ont été libérés avant l'heure.

– Oui, mais comment se fait-il que je ne sois pas mort avant de tirer? Et les blessures? Elle n'avait pas la moindre cicatrice quand je l'ai revue un peu plus tard, sous son autre forme.

– Commençons par la fin. Elle, et toi aussi, je le suppose, vous avez la propriété de vous guérir tout seuls. Si vous pouvez guérir les autres, pourquoi pas vous-mêmes? Quant à sa vulnérabilité, il se peut que la forme « soucoupe volante » n'ait pas le pouvoir de tuer de la forme humaine. Le gamète qui s'est introduit en toi a le pouvoir de se protéger tant qu'il revêt une forme fragile, toi en l'occurrence. La forme adulte, ou tout au moins la forme « soucoupe volante », n'a pas ce pouvoir. Pourquoi, je n'en sais rien, puisque tu l'as en reprenant ta forme humaine.

Tincrowdor se versa à boire et dit encore :

– Mais peut-être n'es-tu pas adulte. A moins que l'adulte n'ait pas le pouvoir de tuer par la pensée. Rappelle-toi, quand elle a quitté la prison sous la forme « soucoupe volante », les gardes qui lui tiraient dessus n'ont pas été foudroyés. Je trouve cela capital.

Eyre s'efforça de ne pas révéler la panique qui l'habitait :

– Dans ce cas, pourquoi n'ont-ils pas essayé de me tuer quand j'étais... soucoupe volante? Ils devaient surveiller ma fenêtre. Ils m'ont vu sortir et rentrer et ils m'ont pisté à l'aide d'un radar. Je le sais, puisque je me suis nourri des ondes qu'ils émettaient.

« Que s'est-il passé? L'image qu'ils captaient était-elle incomplète? Je n'en sais rien. Ils ont peut-être cru que leur équipement était défectueux. »

Tincrowdor se mit à rire, puis dit :

– Ils ne t'ont pas tiré dessus parce qu'ils ne pouvaient pas savoir que tu avais perdu ton pouvoir de tuer en cette circonstance.

– Personne ne le sait, alors?

Tincrowdor hésita un instant et dit :

– Moi, je le sais. Du moins, je le soupçonne.

– Et tu en as parlé à quelqu'un?

– A personne.

Eyre se moquait bien de savoir que leur conversation était surveillée ou que les téléphones étaient reliés à des magnétophones; ce qu'il ne supportait pas, c'était d'être espionné quand des femmes lui rendaient visite. Deux fois par jour, on fouillait son appartement pour y découvrir d'éventuels micros, et lui-même refaisait ce travail, le soir, avec un équipement prêté par le FBI.

– Croix de bois croix de fer? dit Eyre à Tincrowdor.

– Si je meurs, je vais en Enfer, je sais, dit Tincrowdor. Mais ce n'est pas l'Enfer qui me fait peur...

VI

INFIME satellite de la Terre ou occupant paisible de son appartement, Eyre avait tenté de communiquer avec l'entité qui occupait son cerveau. Et seul le silence lui répondait. Le silence et le vide. Il ne se sentait pas occupé. Il se sentait seul. Unique.

Les rêves avaient cessé depuis six mois. Cela voulait-il dire que l'entité n'était plus distincte de lui, que la fusion était achevée? Dans ce cas, pourquoi se sentait-il toujours humain et inchangé? Lorsqu'il avait la forme humaine, cela s'entend; parce que sous son autre forme, il se sentait presque non-humain, bien qu'il eût certainement répondu Paul Eyre si quelqu'un lui avait demandé son nom en cet instant.

Tincrowdor lui avait dit qu'il était faux qu'il fût inchangé. Il possédait une perception, une compassion aussi, toute nouvelle. C'était peut-être imputable aux événements qu'il avait vécus. Ils avaient libéré des qualités qui avaient toujours été présentes en lui, mais qu'il avait occultées, pour quelque obscure raison remontant certainement à la petite enfance.

« Il est possible, lui avait dit Tincrowdor, que tes pouvoirs n'existent que lorsque tu as la forme humaine. Quand tu es soucoupe volante, c'est la vitesse qui te permet de survivre. La seule façon d'en être définitivement certain, c'est de te soumettre à l'épreuve. Mais tu ne le peux pas, parce que tu te feras tuer si tu n'as pas de pouvoirs. Le jeu n'en vaudrait pas la chandelle. »

Ce dilemme le préoccupait sans cesse quand la forme humaine était dominante Mais il oubliait tout quand il parcourait les cieux et survolait les cités endormies, à la recherche d'un compagnon. Ces pensées ne revenaient le hanter que lorsque le jour se levait, lorsqu'il regagnait son appartement.

Ce soir-là, après le départ de Tincrowdor, il sortit et monta tout de suite à la verticale. Il décida d'abandonner l'espace sublunaire pour visiter la Lune. Il y trouverait peut-être un autre représentant de sa race, bien que quelque chose lui dît que les chances étaient plutôt minces. Le voyage ne lui posa aucun problème; il n'avait pas besoin de calculer sa vitesse de libération ou sa constante gravitationnelle. Il lui suffisait de pointer vers la Lune, de la dépasser, de ralentir, d'effectuer une descente.

Et quand il revint sur Terre, la pendule de son appartement lui apprit qu'il n'avait pas mis plus de trois heures; là-dessus, il avait passé une heure entière à explorer la surface de l'astre mort.

Le samedi et le dimanche qui suivirent, il visita Mars et ses deux satellites, Phobos et Deimos.

Le week-end suivant, il se rendit sur Vénus, mais il n'y resta pas longtemps à cause de l'atmosphère empoisonnée. Il lui fallut lutter contre des vents extraordinairement violents et des nuages de particules dont la nature lui était inconnue. Surtout, il décela la présence d'un être inconnu, énorme, lugubre, aux radiations mortelles. Pris de panique, il lutta contre les éléments pour échapper à l'atmosphère vénusienne. Ce n'est qu'à ce moment qu'il se calma un peu. Lorsqu'il eut regagné son appartement et repris sa forme humaine, il se mit à sangloter. Quels que fussent ses pouvoirs, il avait manqué se faire prendre comme une souris dans un piège; il aurait été immanquablement détruit s'il n'avait réagi avec tant de promptitude. La créature l'aurait avalé mais ne l'aurait pas tué. Et une parcelle de son être aurait souffert un martyre sans nom pendant des éons innombrables.

Il avait rarement besoin de dormir mais, ce matin-là, il s'allongea sur le lit sans même prendre la peine d'enfiler son pyjama. A deux reprises, il s'éveilla en proie à une horreur sans nom.

La terreur ne l'abandonna pas au cours des jours et des nuits qui suivirent. Pour la première fois, il ne se sentait plus en sécurité. Si un être aussi malfaisant vivait sur Vénus, que risquait-il de trouver sur Jupiter, sur Pluton?

C'est un samedi matin qu'il se décida une fois pour toutes. Il quitterait la Terre et la race des hommes pour trouver un autre membre de sa propre race. Il avait besoin de cette compagnie, même s'il ne savait pas exactement ce qu'elle lui apporterait. De toute façon, elle ne pourrait qu'être supérieure à celle que les hommes et les femmes lui avaient donnée. Ou, pour être plus juste, qu'il leur avait donnée. Ses efforts pour faire la conversation avaient toujours été pénibles, infructueux. Il ne se sentait à l'aise qu'avec les machines. Il pouvait les démonter, analyser leur fonctionnement, les réparer quand elles tombaient en panne. Mais ses relations, ses collègues de travail, sa famille même, tous ces gens qu'il avait fréquentés étaient demeurés des énigmes. Il n'était pas en phase avec eux. S'il avait eu cette perception des choses à l'époque où il avait épousé Mavice, il aurait pu être très heureux avec elle. Mais c'était trop tard à présent.

Peut-être sa rencontre avec la soucoupe, dans les bois, n'avait-elle pas été un accident. Peut-être avait-elle senti qu'il pourrait, mieux que tous les autres hommes qu'elle avait pu étudier, effectuer la transition vers une forme non-humaine. Ses racines étaient peu profondes, et le sol bien léger; il ne serait ni trop difficile, ni trop pénible de l'arracher à l'humanité.

Il y avait trop de peut-être. Il voulait la certitude et la connaissance, et la seule manière de les obtenir consistait à retrouver ceux qui pourraient lui fournir tous les renseignements voulus.

Sa décision étant prise, il ouvrit le journal du dimanche et y découvrit une nouvelle qui le fit une nouvelle fois changer d'avis.

VII

IL lut l'article en page 2 puis passa par le standard pour appeler les journaux de Saint Louis et de Chigago. Ils racontaient la même histoire, quoique avec plus de détails que le journal local.

UNE SOUCOUPE VOLANTE
A LOS ALAMOS
DES OVNIS SE POSENT
AU NOUVEAU-MEXIQUE
LES RADARS ET LA POPULATION
REPÈRENT DES VISITEURS
DE L'ESPACE

« Hier, 1er avril – jour du poisson d'avril – à 5 heures 32, des fonctionnaires qui se rendaient en autocar ont vu... »

« ... un radar a détecté un OVNI et l'a gardé plus de deux minutes sur son écran... »

« ... le pilote déclare avoir vu l'objet se poser au sommet d'une colline... »

« ... les officiels se refusent à tout commentaire... »

Eyre lut tout ce qui concernait « un OVNI de forme tout à fait classique », puis il alluma le poste de télévision. Il lui fallut attendre les nouvelles de cinq heures pour que l'on mentionne un ovni; le présentateur se contenta de rapporter brièvement la nouvelle, sans se gêner pour dire qu'il croyait plus à un canular qu'à autre chose. Il y avait malgré tout une photographie assez floue prise par l'un des gardes de la zone d'exercices. Cette région avait servi à l'expérimentation d'un certain nombre de bombes H, vers la fin des années soixante.

Eyre envisagea à plusieurs reprises de partir sur-le-champ, bien qu'il fît encore jour. Quelle différence cela ferait-il s'il rompait son serment de ne pas se métamorphoser tant que la nuit ne serait pas tombée? Il ne reviendrait certainement jamais. Qu'est-ce que cela pouvait faire si des passants l'apercevaient dans le ciel?

Mais il ne céda pas à son impulsion. Parce qu'il ne retrouverait peut-être pas son compagnon. Il n'avait peut-être fait qu'une brève escale sur Terre. Il lui faudrait alors repartir à sa recherche dans l'espace.

Cependant, cela ne lui parut pas probable. La soucoupe devait être sur le point d'« accoucher » d'un nuage de gamètes, et c'était pour cela qu'elle recherchait une concentration d'êtres humains. Oui, mais dans ce cas, pourquoi avait-elle choisi le site désert de Los Alamos? Y avait-elle été attirée par quelque résidu de radiations?

Il partirait dès la tombée de la nuit. Des nuages s'amoncelaient dans le ciel, la météo prévoyait de la pluie. Il ferait assez sombre pour que les passants n'entrevoient qu'une traînée lumineuse; et puis, quelle importance cela pouvait-il avoir?

Quelques minutes avant que le soleil ne se couche derrière l'horizon, il appela Tincrowdor.

– Bonsoir, Leo. C'est Paul. Je m'en vais.

Il y eut un instant de silence, puis Tincrowdor lui dit d'une voix étrange :

– Je m'en doutais. Mais écoute, Paul, je –

– Ne dis rien. Au revoir.

– Mais Paul!

Eyre raccrocha, puis il se déshabilla. La sonnerie du téléphone retentit. Tincrowdor devait essayer de le rappeler, mais il n'aurait rien à lui dire d'important. Il lui parlerait à nouveau de son devoir envers l'humanité, il lui rappellerait que sa présence empêcherait à tout jamais la guerre atomique. Il dirait... mais quelle importance tout cela avait-il?

En un éclair, il endossa son autre forme et se lança dans la nuit.

VIII

Il fonçait à toute allure au-dessus de ce qu'il pensait être le nord du Nouveau-Mexique. La Terre était un ensemble changeant de triangles et de cubes multicolores et éclatants. Et tout au loin, par-delà les blocs d'argent des collines, brillait une lumière semblable à celle émise par un ver luisant. Une lumière intermittente, comme un message en morse. Les longues pulsations lui faisaient l'effet de croches écarlates inscrites sur un papier réglé de couleur azur, si pâle qu'il pouvait voir les formes géométriques de la Terre resplendir au-delà. Les pulsations les plus brèves ressemblaient à des chandeliers à six branches enveloppés dans un brouillard argenté.

Il ne les reconnut pas. Elles ne correspondaient absolument pas à ce qu'il s'attendait à trouver. Ce n'étaient pas là les radiations de sa « mère », cette créature qu'il avait entrevue alors qu'elle fonçait vers quelque lointaine planète. Il l'avait vue changer de forme avec la vitesse, ou plutôt, la perception qu'il avait de sa forme avait été modifiée par les différents vecteurs suivis par la « mère ». La créature qu'il détectait à présent devait se reposer à terre.

Et il fut tout excité à l'idée qu'elle devait l'attendre.

Mais pourquoi ici? Pourquoi n'était-elle pas venue le chercher dans son appartement?

Eyre pouvait « voir » dans toutes les directions, et c'est ainsi qu'il perçut sa descente vers le sol sous la forme d'une amphore double de flammes bleues, parsemées de petites novae violettes qui tournaient parfois au vert. Tout indiquait qu'il n'avait pas l'esprit serein. Le plaisir l'envahissait.

Les pulsations se firent plus rapides et se changèrent bientôt en une étoile aux branches multiples, au cœur jaune. Il savait qu'il n'aurait vu qu'une soucoupe volante s'il avait eu sa forme humaine en cet instant; une soucoupe gris clair, d'une soixantaine de centimètres de diamètre et d'une dizaine de centimètres d'épaisseur en son centre. Elle serait posée au milieu d'une plaine de plusieurs kilomètres carrés; et les points de couleur pourpre ne seraient autres que les cactus.

Était-ce vraiment cela? Une étoile aux branches multiples, au cœur jaune. Il y avait dans cette forme et cette couleur quelque chose qui lui était familier ou, du moins, qui aurait dû l'être.

Où avait-il déjà vu cela?

Et soudain, il comprit.

Il s'éloigna à toute allure, mais c'était déjà trop tard.

Il n'y eut qu'une seule lueur, aussi vive que l'éclat de dix mille soleils, pareille à la libération de l'énergie atomique.

Et à l'instant même où la langue de feu le rejoignait et le caressait, une pensée se forma dans son esprit : « Comment ont-ils fait pour réussir? »

IX

L'HOMME dit :

– Le président n'a pas voulu vous contacter par lettre ou par téléphone. Ne me demandez surtout pas pourquoi, je n'en sais rien moi-même. On m'a seulement demandé de vous porter ce message verbal.

Tincrowdor regardait par une fenêtre de la salle de séjour. L'homme était assis sur un canapé, une tasse de café à la main. Morna, la femme de Tincrowdor, était absente. L'homme s'en était assuré avant d'entrer dans la maison.

Là-bas, dans la nuit sans lune, il y avait un champ, et au milieu de ce champ se dressait un très vieux sycomore. Non loin de ses racines, le terrain avait été aplani, et il y poussait une herbe nouvelle. Sous l'herbe reposait une carapace dure, déchirée d'un côté, pleine de chair avariée et de vers blancs. Tincrowdor était le seul à le savoir parce que c'était lui qui l'avait enterrée, et il n'avait pas l'intention de partager son secret avec qui que ce soit. Il ne voulait pas que l'histoire de Paul Eyre se répète.

Son sang était-il habité par des millions de petites créatures jaunes en forme de briques? Probablement. Il n'avait pas l'intention de faire procéder à une analyse. Cette fois-ci, le cours des événements serait différent.

Il se tourna et dit :

– Ainsi donc, vous ne savez pas ce que signifie ce message?

L'homme parut inquiet.

– Je vous préviens que je m'en irai si vous essayez de me dire quoi que ce soit.

– Ne vous faites pas de bile, dit Tincrowdor. Vous pouvez dire au Président que je serai muet comme la tombe et qu'il n'a pas à s'en faire pour moi. Dites-lui aussi que je suis désolé de ne pas pouvoir recevoir une décoration officielle. Je ne l'accepterais pas. Mais vous pouvez lui dire que si j'avais su qu'il se servirait de mon plan, je... non, rien, dites-lui seulement que c'est le roi des menteurs. Il m'avait promis...

L'homme avait l'air terrorisé, à présent. Tincrowdor ajouta :

– N'y pensons plus. Dites-lui seulement que je le remercie. L'homme reposa la tasse et se leva.

– C'est tout?

– C'est tout ce que j'ai à dire et que je dirai jamais à ce sujet. Et je suis persuadé que vous crevez d'envie de savoir la vérité. Et moi, je sais parfaitement ce qui se passerait si vous étiez au courant.

L'homme leva les sourcils. Il prit son chapeau et dit :

– Au revoir, Mr. Tincrowdor.

Il ne lui tendit pas la main, mais hésita devant le pas de la porte.

– Vous connaissiez bien Paul Eyre?

– Aussi bien que le premier venu aurait pu le connaître.

– Je vous demande cela parce qu'il a guéri ma femme d'un cancer au stade final.

– Je ne savais pas. Mais je comprends maintenant pourquoi vous ne pouvez dissimuler votre curiosité.

– C'est vraiment étrange! s'écria l'homme. Il a disparu en un instant, et il n'y avait pas la moindre trace! Dire que deux douzaines d'hommes le gardaient! Sans parler du FBI! Vous croyez qu'il s'est envolé? A moins que des agents étrangers...

– Je préfère ne pas spéculer.

– Quoi qu'il en soit, le monde ne sera plus jamais le même.

Tincrowdor lui sourit et dit :

– Vous n'avez jamais été aussi proche de la vérité.

– Un homme tel que lui ne meurt pas vraiment. Il continue de vivre en nous.

– Chez quelques-uns d'entre nous, tout au moins, dit Tincrowdor. Au revoir, Mr. Sands.

Tincrowdor se versa un autre bourbon dès que l'homme fut parti. Eh bien, se dit-il, Eyre savait certainement qu'il avait à se venger de quelqu'un. Il est venu tout droit ici. Il ne pouvait pas le savoir, mais il a dû se douter que j'étais l'auteur du plan. Pourtant, le Président m'a dit que le plan avait été repoussé. Je ne tenais vraiment pas à être responsable de la mort de Paul.

Quand il se changeait en soucoupe volante, son pouvoir de tuer ou de guérir par la pensée n'avait pas d'effet. Il fallait piéger Eyre sous cette forme. Et l'appât? Ce qu'Eyre désirait le plus, c'était un compagnon. Tout concorde, n'est-ce pas?

Eyre m'avait dit comment il percevait les objets, et je savais qu'il ne se laisserait jamais prendre par un leurre. Il fallait qu'il contienne quelque chose de vivant. Ç'a été le cas de la carapace. Elle contenait un essaim d'abeilles.

Eyre avait été joué trop longtemps pour ne pas être pris. La bombe atomique enfouie sous le leurre était reliée à un radar. L'image enregistrée par le radar était la seule qui pût faire exploser la bombe atomique.

Bien entendu, tous les gouvernements poussèrent des cris d'indignation devant cette utilisation illégale de la bombe, même si les États-Unis avouèrent qu'il ne s'agissait de rien d'autre que d'un accident. Cela calma l'opinion publique. Par la suite, les chefs de gouvernement furent secrètement informés de la mort de Paul Eyre. Les hauts cris cessèrent, les excuses furent acceptées.

Le radar avait repéré Eyre dans la région de Busiris, Illinois, et il ne lui était pas difficile d'imaginer la consternation qui en était résultée. Mais on n'avait découvert aucun reste, et l'on en avait déduit – du moins, le supposait-il – qu'Eyre était tombé dans le fleuve ou dans les bois environnant la ville. Une fouille discrète avait été menée, en vain. Les mois passèrent, et avec eux l'agitation des personnages officiels.

Il y avait pourtant eu une chose que Tincrowdor n'avait pas comprise. Eyre n'avait pas trouvé de compagnon : comment avait-il donc pu lâcher un nuage de gamètes? Si la soucoupe humaine libérait ses gamètes et s'il n'y avait pas de fertilisation croisée, les gamètes ne contiendraient que des gènes maternels.

Après avoir beaucoup réfléchi à la question, il s'était dit que cela n'avait aucune importance. L'être avec qui un gamète s'unissait finirait un jour ou l'autre par trouver un compagnon. Et s'il ne trouvait pas, il transmettrait ses gamètes à une autre personne, qui se mettrait alors en quête d'un compagnon.

A moins qu'il n'y eût ni accouplement, ni fertilisation croisée, au sens terrestre du mot, bien entendu. Chaque forme adulte produisait des gamètes, destinés uniquement à se fixer et à s'unir avec une créature entièrement différente. Peut-être même avec un représentant d'un tout autre ordre. Avec un végétal, pourquoi pas? ou même avec quelque chose qui ne fût ni animal ni végétal.

Qu'importe la théorie? La réalité suivait librement son chemin.

Il s'approcha de la fenêtre et leva son verre à l'adresse de la masse invisible et inerte enfouie sous les arbres.

– Tu as gagné, Paul Eyre. Toi et ceux de ta race. Cette race qui sera bientôt la mienne.

La porte s'ouvrit et sa femme, Morna, entra.

Il lui dit bonjour et l'embrassa; et, ce faisant, il se souvint de cette nuit où, tandis qu'elle dormait, il avait enduit sa main de la matière jaune, semblable à du mercure.

Il ne savait pas s'il l'avait fait par haine ou par amour. Tout ce qu'il savait, c'est qu'il ne voulait pas s'aventurer seul dans l'inconnu.

PHILIP JOSÉ FARMER
ET
LEO QUEEQUEG TINCROWDOR

En supplément : une collaboration
de l'auteur et de l'un des personnages
de *Station cauchemar*

LES BÉQUILLES D'OSIRIS

I

SETH, dieu de l'ancienne terre d'Égypte, fut le premier critique. Jadis, il avait été un créateur, mais les gens avaient cessé de croire en sa créativité. Il avait alors connu le blocage de la divinité, assez semblable au blocage de l'écrivain.

C'est un sort assez triste pour un dieu. Odin et Thor, autres créateurs cosmiques, devinrent des démons – c'est-à-dire des critiques – pour la nouvelle religion lorsqu'elle vint remplacer leur vieille religion. Satan, autrement appelé Lucifer, était un archange dans le livre de Job, mais il devint le chef des démons, le super-critique, dans le Nouveau Testament. La grande Déesse-Mère du pourtour méditerranéen, Cybèle, que l'on appelle encore Anana ou Déméter, devint un démon : Lilith, dans certains cas, ou encore la Mère de Dieu. Et qui sait se montrer plus critique qu'une mère? Mais elle fit cela en sous-main, et la plupart des gens qui l'implorent ne savent pas qu'elle ne s'est pas toujours appelée Marie. Bien entendu, on trouve toujours des spécialistes pour dire le contraire, de même qu'on en trouve d'autres qui prétendent que le Créateur n'existe pas.

En ce temps-là, les dieux vivaient sur la Terre. Ils n'étaient ni invisibles, ni absents, comme aujourd'hui. Un homme ou une femme pouvaient s'adresser directement à eux. Bien sûr, le dieu pouvait leur expédier un pet divin en pleine figure mais, si l'envie lui prenait de répondre, l'être humain vivait là une expérience absolument unique.

De nos jours, seule la prière permet d'entrer en contact avec les dieux. C'est un peu comme si l'on envoyait un message que le télégraphiste choisirait ou non de porter à domicile. La réponse par lettre, par câble ou par téléphone est d'ailleurs encore plus rare.

A l'aube de l'humanité, les grands dieux de l'Égypte avaient pour noms Osiris, Isis, Néphtys et Seth. Ils étaient frères et sœurs; Osiris était marié à Isis et Néphtys à Seth. Tout le monde pensait alors que l'inceste était naturel, surtout s'il se pratiquait au plan divin.

En tout cas, personne n'était assez bête pour protester contre l'inceste. Si les dieux ne vous atteignaient pas de leurs éclairs ou de leurs épidémies, les prêtres ne vous manquaient pas avec leur couteau sacrificiel.

Les gens n'avaient pas de problèmes pour voir les dieux, même s'il fallait qu'ils aient l'œil assez exercé. Les paysans vautrés dans la boue et la bouse ou les pharaons paradant dans leur palais pouvaient voir passer les quatre grands dieux ainsi que Thot, le vizir d'Osiris, et Anubis. Ils allaient à toute allure, aussi rapides que le vent ou que Bip-Bip lorsqu'il échappe aux pièges tendus par le Coyote. Leur silhouette était rendue floue par la vitesse, la poussière était leur seule trace et le hurlement de l'air le seul son qu'ils émettaient.

Du lever du soleil au crépuscule, ils parcouraient le paysage en tous sens, bénissant la Terre et tous ses fruits.

Cependant, les dieux remarquèrent une chose étrange dans un champ situé au nord de la ville d'Abydos. Un homme était toujours assis dans le champ, et il leur tournait toujours le dos. Parfois, ils tournaient autour de lui à toute vitesse afin de découvrir son visage. Mais ils ne voyaient autre chose que son dos. Plus étrange encore, si les dieux arrivaient des quatre directions à la fois, aucun d'eux n'arrivait pour autant à voir la tête de l'homme.

– Celui-ci est plus grand que nous tous, se dirent-ils alors. Est-ce que vous croyez qu'Il, ou peut-être Elle, l'a installé ici?

– A moins que cet homme ne soit tout simplement Lui ou Elle, rectifia Seth.

On le voit bien, c'était déjà un critique en puissance.

Il leur fallut plusieurs nuits pour cesser de se demander qui était cet homme, qui l'avait placé là et pourquoi on ne pouvait voir sa tête. Mais il ne quitta jamais vraiment leur esprit.

Il n'y a rien de pire pour un omniscient que d'ignorer quelque chose.

II

SETH cessa de créer et devint un sale critique médisant parce que les gens ne voulaient plus croire en lui. Les dieux ont de vastes pouvoirs, qu'ils utilisent souvent sans se préoccuper des sentiments ou des souhaits des humains. Mais chaque dieu a également son point faible, contre lequel il ne peut rien. Si les humains décident qu'il est un dieu mauvais, un dieu faible ou encore un dieu mourant, il deviendra mauvais, faible ou mourant. Adieu, Odin! Dans l'os, Zeus! C'est la débâcle, Quetzalcoatl! T'es à bout, Grand Manitou!

Mais Seth était un battant. Il était également assez fourbe, mais on ne peut pas vraiment lui en vouloir puisque les humains avaient décidé qu'il était mauvais. Il envisagea de jouer un tour pendable à Osiris au cours de la grande fête donnée en son honneur à Memphis, à l'occasion de la fin de son tour du monde express. Ce qu'il voulait, c'était raccourcir son frère aîné, Osiris, et y mettre le paquet. Vu de notre époque, à plus de six mille années de distance, on peut se dire que Seth avait de bonnes raisons pour cela. Néphtys, sa sœur et épouse, était incapable d'avoir un enfant de lui et, de plus, elle reluquait Osiris. Osiris lui résistait, mais le sang lui montait au visage. Autre part aussi, d'ailleurs.

Ce n'était pas une chose facile, parce qu'Osiris avait la peau verte. Ce qui a poussé certains modernes à imaginer qu'il serait venu en soucoupe volante depuis la planète Mars. Sa chair était verte, tout simplement parce que c'est la couleur des plantes vivantes et qu'il était le dieu de l'agriculture. Entre autres choses.

Néphtys vint à bout de ses scrupules en l'enivrant. Quelques milliers d'années plus tard, les filles de Loth devaient utiliser le même procédé. Le résultat de cette copulation illicite dans les roseaux fut Anubis. Tout le monde lui trouvait une drôle de dégaine. Il avait une tête de chacal, parce que les chacals mangent les morts et qu'Anubis poinçonnait les tickets des morts en partance pour l'au-delà.

Isis-au-grand-cœur trouva le petit Anubis dans les marais et l'éleva comme son propre enfant, bien qu'elle sût pertinemment qui étaient les parents.

Osiris faisait son entrée à Memphis. Il était heureux parce qu'il venait d'achever un tour du monde, où il avait appris aux non-Égyptiens les règles élémentaires de la paix et de la non-violence. Le monde ne s'était jamais aussi bien porté et, malheureusement, il ne retrouverait jamais plus cet état. Seth lui fit un grand sourire et ouvrit les bras pour enlacer Osiris. Il aurait dû se douter de quelque chose. Tout enfant, Seth l'avait arraché prématurément et violemment du ventre de sa mère. Il était grossier et sauvage, il avait la peau blanche et les cheveux rouges. Un vrai sagouin, quoi.

Isis était assise sur son trône. Elle irradiait de bonheur. Osiris était resté longtemps absent et elle s'ennuyait de lui. Pendant son absence, Seth s'était approché d'elle et lui avait demandé si elle voulait se venger de son mari après la petite relation qu'il avait eue avec Néphtys. Elle lui avait répondu de laisser tomber. À dire vrai, elle se demandait combien de temps elle aurait pu tenir dans la même situation. Les dieux sont encore plus travaillés que les humains, et ce n'est pas peu dire.

Seth donna un grand banquet qui aurait rendu vert de rage Cecil B. De Mille en personne. Quand tout le monde fut malade de s'être empiffré et que les rots commencèrent à fuser comme des pétards au 14 juillet, Seth frappa dans ses mains. Quatre dieux de seconde catégorie s'avancèrent, qui portaient un coffre merveilleusement ouvragé. Ils le posèrent à terre, et Osiris dit :

– Dis-moi, mon frère, qu'est-ce donc que cet exquis objet d'art?

– Il appartiendra à celui qui tiendra exactement dedans, lui répondit Seth.

Pour donner l'exemple, Seth entra le premier dans le coffre. Mais il était trop grand – ce qu'il savait déjà. Les soixante-douze complices de la conspiration – Seth était peut-être mauvais, mais il faisait fort bien les choses –, les complices, disais-je, étaient tous trop petits. Isis ne tenta pas sa chance.

C'est alors qu'Osiris, qui titubait un peu à cause des litres de vin qu'il avait engloutis, dit :

– Si le coffre est de ma taille, vous me soulèverez avec lui!

Tout le monde se mit à rire et il entra dans le coffre. Son crâne et la pointe de ses pieds touchaient aux extrémités du coffre.

Osiris sourit, mais cela ne dura pas longtemps. Les conspirateurs rabattirent le couvercle et le clouèrent à coups de marteau. Seth éclata de rire, Isis poussa des hurlements. Tout le monde s'enfuit, épouvanté. Sans prêter la moindre attention aux coups redoublés frappés par Osiris, les complices emportèrent le coffre vers le Nil. Puis ils le jetèrent dans le fleuve, et les eaux l'entraînèrent jusqu'à la mer.

III

CERTAINS dieux ont besoin d'air. D'autres sont anaérobies. A l'époque, il leur fallait tous de l'air, même s'ils réussissaient à vivre plus longtemps sans air que n'importe quel être humain. Malheureusement, la descente du Nil fut bien longue, de même que la traversée de la mer jusqu'à Byblos, en Phénicie. Et quand le coffre s'échoua sur la plage, Osiris était déjà mort depuis longtemps.

Seth garda quelque temps Isis prisonnière. Mais Néphtys, dégoûtée de Seth, se joignit à Anubis et à Thot pour la délivrer. Isis fit le voyage de Byblos et ramena le corps avec elle, probablement en char à bœufs puisque les chameaux n'étaient pas encore utilisés. Elle le cacha dans les marais d'un petit village appelé Buto. Malheureusement, Seth passa par là et tomba sur le coffre.

Lorsqu'il découvrit le cadavre de ce frère qu'il exécrait, son visage passa par toutes les teintes du bois jeté au feu. Il devint noir comme le bois avant que l'on craque l'allumette, puis rouge comme les flammes, et enfin blanc comme la cendre. Il déchiqueta le cadavre en quatorze parties, qu'il éparpilla dans tout le pays. C'était vraiment un destructeur pervers et médisant.

Isis écuma toute l'Égypte à la recherche des différentes parties du corps d'Osiris. La tradition veut qu'elle les retrouva toutes, à l'exception du phallus. Il était censé avoir été mangé par un crabe du Nil; c'est pour cette raison que les crabes du Nil sont maudits à tout jamais. Mais cette légende s'appuie, comme tous les autres mythes, sur un matériau oral que les siècles ont inévitablement déformé.

La vérité, c'est que le crabe lui avait mangé les parties génitales. Mais Isis l'obligea à régurgiter son repas. Un testicule ne put malheureusement être récupéré. Le mythe dit également qu'Isis fut mise enceinte par une partie du corps d'Osiris. Cette partie n'est pas précisée, pour quelque obscure raison qui ne doit de toute façon rien à la délicatesse. Dans leur version non expurgée, les mythes anciens ne font jamais appel à la finesse.

Isis utilisa le phallus d'Osiris pour concevoir. Et c'est ainsi que naquit Horus. Quand il fut grand, il aida sa mère à chercher. Cela leur prit longtemps, mais ils réussirent à retrouver la tête dans une mare à grenouilles, le cœur tout en haut d'un arbre et les intestins chez un paysan qui en avait fait un fouet pour ses bœufs. Une vraie pagaïe, quoi!

Il faut également dire que le cerveau d'Osiris était plein d'œufs de grenouilles. De temps à autre, un œuf éclosait. Et, chaque fois, Osiris avait des pensées un peu étranges, qui influaient sur son comportement. Néanmoins, on peut toujours faire preuve d'excentricité quand on est un dieu ou un Anglais.

Une des pensées engendrées par l'éclosion des œufs aboutit à la construction de la pyramide. Osiris en fit part à un pharaon. Et quand le pharaon lui demanda à quoi cela pouvait bien servir, Osiris, toujours poète, lui répondit que c'était un suppositoire pour l'éternité.

C'était tout à fait exact. Mais son enthousiasme de poète lui avait fait oublier le regard impartial qu'a le savant pour les faits bruts. L'éternité a une chaleur corporelle. Et tout s'oxyde lentement. La Terre et tout ce qu'elle abrite sont entourés de flammes, il suffit pour le voir d'avoir de bons yeux. Il en va de même pour les pyramides qui, bien que solides, se consument jour après jour. De quoi faire réfléchir sur la solidité de la pierre.

Pendant ce temps, Isis et Horus avaient retrouvé toutes les parties du corps d'Osiris, à l'exception d'une jambe et du nez. Ils semblaient perdus à tout jamais. Isis fit alors de son mieux, et elle fixa le phallus d'Osiris à la place de son appendice nasal.

– Après tout, expliqua-t-elle à Horus et à Thot, il peut porter une jupette pour masquer son absence de parties génitales. Mais il aura vraiment une fichue allure s'il n'a pas de nez.

Thot, dieu de l'écriture et, partant, de la mémoire courte, n'en était pas aussi sûr. Il avait la tête d'un ibis, qui est un oiseau pourvu d'un très long bec. Quand Osiris était excité sexuellement, il ressemblait énormément à Thot. D'un autre côté, il ressemblait à un éléphant quand il n'était pas excité du tout. Mais en temps normal, il était excité. Tout cela parce que les dieux le laissaient dans leur sillage tandis qu'il se traînait sur ses béquilles. Comme Isis ne le surveillait pas, il lutinait les jeunes filles, mais aussi les matrones des villages et des cités proches du Nil.

Les humains étant ce qu'ils sont, les prêtres durent bientôt lui établir un planning où se combinaient les deux grandes passions de l'humanité : l'argent et le sexe. Il arrivait à 11 heures 45 à Gizeh, par exemple. A midi pile, après que les billets eurent été rassemblés, il devenait l'acteur principal d'un rite de la fertilité. A une heure, le grand-prêtre donnait un coup de sifflet. Osiris ramassait ses béquilles pour se traîner vers la prochaine étape. Les jeunes filles se relevaient et rentraient chez elles. Les autres se remettaient au travail.

Cela permit à Osiris de rencontrer bon nombre de jeunes filles; malheureusement, il avait quelques problèmes pour se souvenir de leurs traits. C'est ainsi. Les humains vieillissent trop vite. Il ne remarqua jamais que les hordes de vierges entrevues dix ans plus tôt étaient devenues des mégères tordues par les travaux ménagers. La vie était rude, alors. C'était le travail qui commençait avant l'aube et s'achevait bien après le coucher du soleil, la malaria, la bilharziose, les hémorroïdes, trop de céréales et pas assez de légumes et de viande, sans compter, pour les femmes, les grossesses à répétition, les dents qui se déchaussent, le ventre et les seins qui s'affaissent, les varices qui remontent le long des jambes et des fesses comme du lierre grimpant.

Bien entendu, les humains attribuaient tous leurs maux à Seth. Ils disaient que c'était un vrai fils de pute, et quand il passait en trombe avec son cortège de tornades, de tempêtes de sable, d'hyènes et d'ânes sauvages lâchant des crottes à tour de bras, la vie était encore pire.

Ils implorèrent alors Osiris, Isis et Horus de les débarrasser de ce critique en chef, de ce destructeur fondamental. Et, en fin de compte, Horus lui régla son compte.

Ce qu'il y a de drôle dans cette histoire, c'est que la vie des humains ne connut pas la moindre amélioration après la mort de Seth.

IV

LES hommes n'en prirent conscience qu'au bout de plusieurs milliers d'années. Ils se mirent à ne plus croire aux anciens dieux de l'Égypte, et ceux-ci commencèrent à dépérir. Mais cela ne se fit pas en une journée.

Pour quelque raison inconnue, les déesses tinrent le coup plus longtemps que les dieux. Isis fut adorée jusqu'au VIe siècle après Jésus-Christ, puis, quand son dernier temple fut fermé, elle réussit à s'introduire dans l'Église chrétienne en se dissimulant sous un pseudonyme. C'est peut-être parce que les hommes et les femmes sont très proches de leur mère; Isis était vraiment une mère exemplaire.

Osiris remarqua au cours de ses interminables pérégrinations le long du Nil que les hommes avaient conçu un moyen de défier le temps. L'art était né. Un homme pouvait fixer à tout jamais un instant en exécutant une sculpture, une gravure, en composant une peinture, un poème ou un chant. L'individu disparaissait, les nations disparaissaient, les races disparaissaient, mais l'art survivait. Pendant un certain temps, tout au moins. Rien n'est éternel, sinon l'éternité, et les dieux mêmes se rendirent un jour compte que l'oxydation les avait complètement grignotés.

Cela est en partie imputable au fait que la religion est aussi une forme d'art. Et la religion change avec le temps, comme toutes les autres formes artistiques.

Osiris le savait bien, même s'il avait horreur de l'admettre. Un jour, au début du 1er siècle, il revit l'homme qui avait tout le temps le dos tourné. Il devait être intallé en cet endroit depuis six mille ans, si ce n'est plus. Peut-être même datait-il du Premier Age de la Pierre.

Osiris décida de tenter une nouvelle fois sa chance.

Il arriva sur ses béquilles et commença de faire le tour de l'homme. Une sensation étrange s'empara alors de lui : le visage de l'homme lui apparaissait peu à peu.

Devant lui était posée à terre une forme noire et oblongue, de la taille d'une petite porte de maison.

– C'est le commencement de la fin, dit tout bas Osiris. Pourquoi? Je n'en sais rien, mais je le sens.

– Salut à toi, premier des dieux infirmes, prédécesseur d'Héphaïstos et de Wieland, dit l'homme. *Ave,* premier des dieux à être déchiquetés puis reconstitués, prédécesseur de Freyr et de Lemminkaïnen. Salut, premier des dieux de bonté, modèle fondamental de Balder et de Jésus.

– Tu n'as pas l'air d'être d'ici, dit Osiris. On dirait que tu viens d'un autre temps.

– Je viens du XXe siècle, qui est l'avant-dernier, sinon le dernier siècle de l'humanité, dit l'homme. Je sais ce que tu penses, tu te dis que la religion est une forme d'art. Eh bien, la vie même est un art, même si la plupart des gens sont de pâles imitateurs, des peintures qui recommenceraient éternellement la même toile. Il y a fort peu de personnalités originales. La vie est un art de masse ou, pour être plus juste, l'art des masses. Et l'art des masses est, hélas, médiocre. Même s'il est souvent distrayant.

Il s'était empressé d'ajouter cette remarque finale pour ne pas passer pour un snob aux yeux d'Osiris.

– Qui es-tu? lui demanda Osiris.

– Je m'appelle Leo Queequeg Tincrowdor, dit l'homme. Tincrowdor, tout simplement, comme Rembrandt lorsqu'il signe ses tableaux. C'est ce que fait tout artiste de quelque valeur. Mais comme je ne suis même pas digne de tendre un rouleau de papier hygiénique à Rembrandt, je me représente toujours le dos tourné. Quand je deviendrai aussi bon que le vieil Hollandais, je montrerai mon visage dans des scènes de groupe.

– Es-tu en train de me dire que tu as créé cela? Et cela? dit Osiris.

Il tendit une main verte en direction du fleuve bleu, des champs vert pâle et brun, des sables rouges et des roches qui s'élevaient à l'horizon.

– Tout être humain sait qu'il a créé le monde en naissant, dit Tincrowdor. Mais seul l'artiste recrée le monde. C'est pour cela qu'il te faudra traverser les millénaires avec une paire de béquilles et un phallus à la place du nez.

– Le phallus ne me gêne pas, dit Osiris. Je peux sentir avec, tu sais, ce qui représente un avantage certain. Le monde *pue* vraiment, Tincrowdor. Mais avec cet organe à la place du nez, je ne peux plus le sentir. C'est pour cela que je ne me plains pas. Sois-en remercié.

– Je t'en prie, dit l'homme. Cependant, cela fait longtemps que tu traînes ici-bas. Les hommes ont compris que les dieux pouvaient être handicapés, et qu'ils sont le symbole des hommes et de leurs fardeaux. Tu sais, les humains sont handicapés d'une manière ou d'une autre. Ils ont tous besoin de béquilles, qu'elles soient physiques ou psychiques.

– Tu n'as rien de nouveau à m'annoncer? dit Osiris en ricanant.

– C'est une vieille observation qui sera toujours nouvelle. Elle est toujours nouvelle parce que les gens n'y croient pas, et il est alors tard pour jeter au loin les béquilles.

Osiris remarqua alors les peintures enfouies dans le sable kaki. Il les ramassa, souffla les grains de sable et les observa. Celles qui étaient enterrées le plus profondément, les plus anciennes de toute évidence, avaient l'air très primitives. Elles ne devaient pas dater du Paléolithique, mais du Néolitique. Elles étaient sèches, géométriques, avec des couleurs qui ne paraissaient pas naturelles. Elles représentaient Osiris en personne et les autres divinités, mais ils n'avaient que deux dimensions; aussi massifs et statiques que les pyramides et, partant, aussi solides, ils manquaient d'espace intérieur et, par la même occasion, de vie intérieure. La perspective y était totalement absente.

– Tu ne savais pas que le monde et toi-même étiez bidimensionnels, n'est-ce pas? dit Tincrowdor. Ne t'en fais pas pour ça. Les poissons ne savent pas qu'ils vivent dans l'eau, de même que les hommes ne savent pas que l'état de grâce les entoure. La différence, c'est que les poissons sont toujours dans l'eau, alors que les humains doivent traverser les eaux de la non-grâce pour atteindre celles de la grâce.

Osiris regarda un autre groupe de peintures. Là, il était tridimensionnel, fluide, gracieux, de formes et de couleurs naturelles. Un individu, plus un stéréotype. Et la vallée du Nil présentait une vraie perspective.

Dans le groupe suivant, la perspective disparut à nouveau et il redevint bidimensionnel. Malgré tout, il s'y trouva soutenu par l'univers, intégré à celui-ci, contrairement aux tableaux précédents. L'inconvénient, c'est qu'il avait à nouveau perdu son individualité. Pour compenser cette perte, une lumière divine s'échappait de lui comme d'un verre teinté.

L'ensemble suivant revint à la perspective, aux trois dimensions, aux couleurs chaudes et naturelles, à l'individualité. Mais, très rapidement, le Nil se changea en une abstraction, un cube, une bête sauvage et difforme, un cauchemar, une infinité de points rassemblés sur une ligne, un ruban de Moebius, une explosion de fragments.

Osiris rejeta les tableaux dans le sable, puis il

se pencha pour regarder à l'intérieur de la forme oblongue et ténébreuse.

– Qu'est-ce que cela? demanda-t-il, bien qu'il sût déjà la réponse.

– C'est, répondit Tincrowdor, l'inévitable, quoique pas nécessairement souhaitée, fin de l'évolution que tu as pu observer sur tous ces tableaux. C'est mon œuvre ultime. L'aboutissement de la pureté et de l'harmonie. Le néant.

Tincrowdor tira des béquilles du sable, où elles se trouvaient enfouies depuis des millénaires. Il n'en avait pas vraiment besoin, mais il ne voulait pas le reconnaître. Pas encore, tout au moins. Mais un jour, peut-être...

Il s'appuya dessus et se redressa, puis il botta le derrière du dieu. Et Osiris s'écroula dans la forme oblongue. Le néant étant une équation incomplète, Osiris devint rapidement la partie manquante de l'équation – c'est-à-dire rien. Il en était très satisfait. Il n'y a rien de pire que d'être un archétype, un symbole, la création d'un autre. A moins d'être un infirme quand on n'a pas besoin de l'être.

Tincrowdor regagna son siècle. Personne ne remarqua les béquilles – à l'exception de quelques enfants et de très vieilles gens – de même que personne ne remarque un poteau télégraphique tant qu'il n'est pas rentré dedans. Ou un état de grâce tant qu'il ne l'a pas reçu en pleine figure.

Quant à l'étrangeté de son comportement et de son mode de pensée – qu'il s'agisse d'excentricité ou d'originalité – tout le monde était d'accord pour l'attribuer à l'éclosion d'œufs de grenouilles dans son cerveau.

Achevé d'imprimer en juin 1992
sur les presses de l'Imprimerie Bussière
à Saint-Amand (Cher)

PRESSES POCKET - 12, avenue d'Italie - 75627 Paris Cedex 13
Tél. : 44-16-05-00

— N° d'imp. 1416. —
Dépôt légal : octobre 1982.

Imprimé en France